www.ingramcontent.com/pod-product-compliance
Lightning Source LLC
LaVergne TN
LVHW041847070526
838199LV00045BA/1473
* 9 7 8 9 3 7 0 0 9 0 0 1 9 *

الألوان

الحياة

Translated to Arabic from the English version of
Colours of Life

محمد تسليم

Ukiyoto Publishing

جميع حقوق النشر العالمية محفوظة من قبل

أوكيوتو للنشر

نشرت في عام 2025

ISBN 9789370090019

حقوق الطبع والنشر للمحتوى © محمد تسليم

جميع الحقوق محفوظة.

لا يجوز إعادة إنتاج أي جزء من هذا المنشور أو نقله أو تخزينه في نظام استرجاع، بأي شكل من الأشكال بأي وسيلة، إلكترونية أو ميكانيكية أو نسخ أو تسجيل أو غير ذلك، دون إذن مسبق من الناشر.

تم التأكيد على الحقوق المعنوية للمؤلف.

يباع هذا الكتاب بشرط عدم إقراضه أو إعادة بيعه أو تأجيره أو تداوله بطريقة أخرى عن طريق التجارة أو غير ذلك، دون موافقة مسبقة من الناشر، في أي شكل من أشكال التجليد أو التغطية بخلاف تلك التي يتم نشرها.

www.ukiyoto.com

الإهداء

د. نديم
د. مهجبين
نازيا تسليم
محمد جازيئيل

محمد زايد

تمهيد

يقدم هذا الكتاب نظرة ثاقبة رائعة حول تقدير لحظات الحياة البسيطة.

يتحدث عن الحب والخيانة والثروة المادية والقناعات البشرية.

إنه يسكن على كل من الملموس والمجرّد. إنه يضيء الأهمية.

لا تهيمن الشخصيات ككيانات فردية ولكن كقطعة من المجموعة. يكملون كل مقالة قصيرة، والتي بدورها تكمل تحولهم.

ثاقبة تمامًا بالرسائل الميتافيزيقية التي تتجاوز أي عصر، وسوف تلمس الحقائق العالمية من خلال العودة إلى الأساسيات.

يمكن للقراء إعادة النظر في قيمهم وصراعاتهم الشخصية ومعتقداتهم الذاتية.

لقد بذلت قصارى جهدي للتعبير عن أفكاري بكلمات بسيطة لنقل أفكاري إلى القراء.

نادرًا ما يفكر الرجال في السلطة في الفقراء والمضطهدين، ولكن متى ... ؟

محمد تسليم

المحتويات

- باناراس 1
- وحدة العناية المركزة باتنا 17
- ديث أنجل وبيربال 31
- معلم مدرستنا 37
- ماهاديف تشاترجي 45
- بطولة تنس الريشة 55
- مستشفى بادهار 60
- الفرح في داخلنا 63
- شمال تشانداميتا 68
- البيت الأبيض ولالي 83
- ISM DHANBAD 99
- أسدنا الصغير 123
- نبذة عن المؤلف 133

1

باناراس

لا شيء سهل في الحياة.

احتفل بالسعادة.

ما تعتقد أنك ستصبح عليه.

المزيد من الناس، المزيد من النصائح.

بالنسبة للفقراء، الحياة لها معنى مختلف. يُطلب منهم البحث.

الحياة رفاهية للأغنياء، ويطلب منهم أن ينظروا إلى الأسفل.

بعد كل شيء، ما هي الحياة ؟

هل يختلف الأمر باختلاف الأشخاص ؟

لكن الحياة لغز مخصص لكل واحد منا.

وما زلنا نحلها بطريقتنا.
البعض منا يحل ألغازنا بسرعة، والبعض الآخر يستغرق المزيد من الوقت لحل ألغازنا.

الذين يحلون لغزهم بسرعة يتم تحديدهم على أنهم مشرقون. يُطلق على من يحل لغزهم في أكثر من متوسط الوقت اسم الرأس الغبي، لكن معظمنا يحل لغزنا في متوسط الوقت ويعتبرون أشخاصًا عاديين.

الأشخاص العاديون أكثر عددًا، أو يجب أن أقول إننا أكثر عددًا. عندما نحل لغزنا الأول، يظهر لغز آخر من لعبة الحياة. إنه جمال لعبة الحياة هذه. بمرور الوقت، نصبح مدمنين على هذه اللعبة ونبدأ في الاستمتاع بها. في كثير من الأحيان، نقارن مهاراتنا مع الآخرين. نحن نفخر بكفاءتنا ونحاول إظهارها. يصبح غرورنا.

إن غرور الإنسان العادي هو دائمًا سلعة ثمينة. يجعلهم كائنات تحقيقية. يعتبرون أنفسهم الأفضل بين أقرانهم.

عندما تستمر لعبة ذات نقاط سرج أعلى في الظهور، فإنها تدفعنا إلى الجنون، ويصبح كل شيء في حالة فوضى متزايدة. تستمر عملية اللعب هذه حتى نهاية رحلة حياتنا عندما نتوقف عن الوجود على الأرض.

الموت هو أهم مستوي. إنها حياة تميز، دائمًا، في كل خطوة. إنه لا يميز أبدًا بين ذكي أو غبي أو متوسط، غني أو فقير، جميل أو قبيح، سعيد أو حزين، صغير أو كبير، أو ملحد. ومع ذلك، فإنه يعلمنا قيمة الصبر والمثابرة والتواضع والإنسانية والعدوانية والقدرة على القتال والقوة لتحمل الطقس القاسي لإبقائنا إنسانيين.

أولئك منا الذين لا يتعلمون هذه الأشياء يعيشون حياة بائسة. وبمجرد أن نتعلم هذه الأشياء ونمارسها في الحياة، فإننا نستمتع بأفضل سمات الحياة والخبرة ودقتها.

يعلمنا الحب أن الخاسرين هم دائمًا الفائزون في لعبة الحب. إنها تجعل حياتنا رحلة جميلة.

دعونا نجعل رحلتنا في الحياة رحلة جميلة. دعونا نكافح من أجل ذلك.

بعد كتابة هذه المدونة، أخذت قلمًا آخر من حامل القلم على طاولتي. قلم حبر أخضر داكن اللون مع غطاء معدني أبيض في يدي.

على عربة الذكريات المرفقة بهذا القلم، وصلت فجأة إلى عام 1972 في مدينة باناراس (فاراناسي).
كنت سأظهر في أول شهادة امتحان كفاءة لمدير المناجم في قسم هندسة التعدين في جامعة باناراس الهندوسية.

كان ذلك في وقت المساء. كنت أجلس مع آيرا على الجانب الأيسر من الخطوة الثانية من الأعلى، على ضفة نهر الجانج. كانت البيئة المحيطة حزينة. على مسافة ما نحو يميننا، كانت جثة تحترق. كان نهر الجانج يتدفق بهدوء أمامنا. مع نزول المساء، بدأ الناس في القدوم والجلوس على درج ضفة نهر الجانج. كان الزحام والضجيج يتزايدان في كل مكان. كنت ضائعًا في هذه البيئة غير العادية.

فجأة سألني إيرا: "لماذا نعيش؟"

فاجأني سؤالها. حدقت في وجهها بينما كنت أفكر في الإجابة على سؤالها. لم أتمكن من التفكير في أي إجابة مرضية في تلك اللحظة، لكنني أمسكت يدها في يدي وقلت: " أنا أعيش لأبقي هذه الأيدي بين يدي إلى الأبد، طوال حياتي. أتمنى أن أعيش لأسمع اسمي من شفتيك الجميلتين

إلى الأبد. أتمنى أن أعيش لأسمع صوتك اللطيف. أريد أن أبقى عالقة في عينيك السحريتين الكبيرتين. أريد أن أعيش معك إلى الأبد ".

ضحك إيرا، "عادتك في اللعب بالكلمات لا تزال سليمة".

كان إيرا صديقي. عرفنا بعضنا البعض من أيام المدرسة. كانت رائعة. كان لديها شعر أسود طويل وعينان كبيرتان وصوت لحني. كانت يداها ناعمتين. كان من دواعي سروري أن أمسك بيديها الرقيقة الناعمة المشذبة جيدًا. لم تكن جميلة فحسب، بل كانت ذكية وبارعة أيضًا. كلما التقينا، أصبحت شمبانيا ومبهجة. اعتادت أن تتحول إلى آلة زقزقة. ونادراً ما ظلت هادئة. اعتادت أن تتحدث وتتحدث. لقد استمتعت بحديثها وحالتها المزاجية كثيراً.

كانت إيرا في سنتها الأخيرة من بكالوريوس الطب والجراحة في جامعة باناراس الهندوسية. نادراً ما التقينا لأننا درسنا ليس فقط في مدن مختلفة ولكن أيضًا في ولايات مختلفة. نادراً ما كتبنا رسائل إلى بعضنا البعض، ولكن كلما التقينا، تحدثنا وتحدثنا وتجادلنا في أمور تافهة وغير ذات صلة مثل اليوم. إنها عادتنا القديمة في التملق لبعضنا البعض.

ذات مرة سألتها: "ما هو الحب برأيك ؟"

دون الانتظار لثانية، أجاب إيرا، "الراحة".

في حيرة، سألتها، "ماذا تقصد بذلك ؟"
ضحكت وقالت: "كل ما سمعته".

"هل تفكر بهذه الطريقة في الحب ؟" سألتها.

قالت: "ألست محقة ؟".

لم أقل شيئاً.
"ألا تشعر بذلك من أجل الحب ؟" سأل آيرا مرة أخرى.

قلت: "لا، لا أعتقد ذلك".

"أنت تفكر في الحب البلوتوني، الهراء. تبدو النساء جميلات وجميلات ورائعات ومغريات ورغبات وإلهيات وما إلى ذلك حتى لا تصبح سلعة منزلية. بعد ذلك، من الأفضل ألا تسأل عما يحدث للحب الدموي ". قالت.

اعتقدت، بشكل عام، أنها كانت على حق. إذا فقد أي شخص أي شيء، فإنه يعتبره دائمًا شيئًا ثمينًا، ولكن إذا كان لدى أي شخص شيء ثمين، فإنه بعد مرور بعض الوقت، يفقد بريقه ؛ يصبح سلعة عادية، لا قيمة لها، وجزءًا من مجموعته.

"لا، أنا لا أتفق معك. حتى مجرد التفكير في الحبيب يملأ القلب بالفرح. إن قربها وصوتها ولمسها يملأ القلب ويهدئ الروح. الوقت لا يمكن أبدا أن يغير هذا الشعور. الحب يغذي ؛ الحب يجعل الحياة جميلة. الحب مقدس." الحب هو العبودية بين روحين. قلت: "ألا تفكر هكذا فينا ؟"

"يا شاعر، يا سيدي، أحتاج إلى فنجان من الشاي الساخن. افعل شيئًا حيال ذلك. سنناقش ذلك لاحقًا. ومع ذلك، أخبرتك عن الطريقة العادية

أو العامة. لا يوجد شيء عنا. أتفهم مشاعرك تجاهي ومشاعري تجاهك. لكن كوبًا ساخنًا جيدًا من الشاي سيكون نعمة ".

أجبت: "كما تشاء، جلالتك".

غالبًا ما كان إيرا يناديني بالسيد الشاعر أو السيد الشاعر، وكنت أناديها بالسيدة أو جلالتها أو ديفي جي. نادراً ما ننادي بعضنا البعض بأسمائنا. ناقشنا دائمًا بعض الموضوعات غير العقلانية أو غير ذات الصلة أو التافهة. عندما نلتقي، نناقش القضايا التافهة ونستمتع بها. ألقت قربها وصوتها تعويذة عليّ. استمتعت بكل لحظة معها. لطالما تمنيت أن تبقى هذه اللحظات إلى الأبد. لم أفكر أبدًا في الحياة بدونها ؛ ربما يجب أن تكون قد فكرت على حد سواء.

أضاءت ريفر بانك الآن بأضواء ساطعة. بدا الأمر كما لو أن شخصًا ما غير المشهد من خلال التذمر من السحر السحري "ABRACADABRA". بدا الانعكاس الملون للمحيط في المياه الجارية بهدوء من نهر الجانج إلهيًا. كان الصخب والضجيج مثل الحلم كما لو أن الجميع قد استيقظوا من نومهم. كانت هناك أصوات أجراس وترانيم تعويذات في كل مكان. لقد خسرنا في هذه البيئة الإلهية لفترة من الوقت. فجأة أمسكت يد آيرا في يدي، "أنت تعرف، آيرا، نحن نعيش للحفاظ على هذه اللحظة الإلهية محفوظة في ذاكرتنا إلى الأبد. أتمنى أن أبقي مشاعر ليونة ودفء يدك في ذاكرتي إلى الأبد. أتمنى أن يكون القرب من كونك جانبي في روحي ".

"أحسنت القول يا سيدي الشاعر، لكن دعنا نعود الآن. غدا لديك امتحانك ". أخبرني إيرا، "أعتقد أننا سنعيش معًا بالتأكيد. كل لحظة معك هي مثل لحظة سعيدة ".

غادرنا إلى BHU (جامعة باناراس الهندوسية).

في طريق العودة إلى BHU، رأيت متجر أقلام حبر واشتريت هذا القلم، الذي هو في يدي الآن.

"لذلك، لا تزال تشتري قلمًا جديدًا لامتحانك. وبعد الفحص، أنت لا تستخدمه أبدًا ؟" سأل آيرا.

أجبته: "نعم يا سيدتي".
"وإلى متى ستستمر على هذا النحو ؟" سأل آيرا

أجبت، "صل، ليكن هذا الامتحان هو الأخير."

سأل إيرا: "إذن عدني أنك ستعطيني هذا القلم".

أجبت، "سأعطيك هذا القلم بعد امتحاني."

واشتريت هذا القلم، الذي هو في يدي. كان اختيار آيرا. بعد شراء هذا القلم، ذهبنا إلى BHU. ذهبت إلى نزلها، وذهبت إلى فندقي.

في اليوم التالي عندما خرجت من قاعة الفحص، رأيت إيرا يقف هناك. كانت مضطربة. في اللحظة التي رأتني فيها، اقتربت مني وقالت: "تلقيت برقية من منزلي. ماما في المستشفى. يجب أن أذهب. دعونا نرى متى يسمح لنا القدر برؤية بعضنا البعض ".

قلت لها: "لا تقلقي، بفضل الله، كل شيء سيكون على ما يرام، وسنلتقي قريبًا".

وذهبت إلى مسقط رأسها لمقابلة والدتها، التي كانت مريضة. مكثت في باناراس لمدة أسبوع واحد لفحصي. لم تعد إيرا من مسقط رأسها. لم أتمكن من رؤيتها قبل أن أعيش في باناراس، بينما شعرت دائمًا أن إيرا سيأتي فجأة كمفاجأة أو ينادي باسمي. لكن هذا لم يحدث. حتى اليوم، لم نر بعضنا البعض، ولم نتمكن من التحدث أبدًا. أنا لا أعرف أين هو آيرا. كيف حال الجيش الجمهوري الأيرلندي ؟

لعبة الحياة غريبة. إنها طرق وجمال تعويذتها الملونة الساحرة. يأتي الوقت بصمت، ويهمس "abracadabra"، ويلون الحشد، ويترك بهدوء، دون ترك أي أثر. يترك ألمًا وكربًا مدى الحياة. نغرق في سحر الحياة هذا، ملزمين. هذا هو السبب في أننا جميعًا نحمل صليبنا متحملين آلام الحياة والآمال والعيون المليئة بالأحلام، ونعيش بفرح وسعادة حتى نصل إلى وجهتنا المضمونة المحددة مسبقًا، والتي ليست سوى محطة كاملة كبيرة. نسميها القدر أو القدر، أيا كان ما نحب. قصتنا كاملة.

فجأة تومض حادثة في ذهني. ظهر طويل في يوم من الأيام...

جاء رجل مسن، يبلغ من العمر حوالي 60 عامًا، إلى مكتبي مع ابنه، البالغ من العمر حوالي خمسة وثلاثين عامًا. أخبرني عن ابنته، التي كانت متزوجة من شخص يعمل في مؤسستي.

خرج ابن ذلك الرجل الأكبر سنًا من مكتبي وجاء مع امرأة شابة تبلغ من العمر حوالي سبعة وعشرين عامًا أو نحو ذلك مع طفل صغير.

كان الطفل يبلغ من العمر حوالي ست سنوات. تلك السيدة كانت جميلة جدا. كانت عادلة ولديها شكل ومظهر عارضة أزياء. لم أستطع التفكير في كونها أمًا لطفل.

"من فضلك أخبرني عن علاقتك بزوجك ؟" سألتها.

قالت إن لديها علاقة ممتازة مع زوجها. لا يزال يهتم بها وبابنه، لكنه الآن يقضي الكثير من وقته مع سيدة أخرى. حتى أنه يعود إلى المنزل بعد ثلاثة أو أربعة أيام. لم يواجهني أبداً بشأن تلك السيدة. يقول إنه لا يستطيع تركها. الآن يقضي المزيد من الوقت معها. لقد اتصلت بوالدي وسأعود إلى منزلي مع والدي. سأعمل هناك وأعيش مع ابني.

قال الرجل العجوز عن صهره، في الآونة الأخيرة، كان يقضي بعض الوقت مع امرأة مسنة أخرى. إنها مطلقة. طلب مني أن أنصح صهره.

أكدت له أن يلبي طلبه، وأخبرني أنه سيقابلني بعد يومين، وعندها فقط سيتخذ أي قرار. لا يمكنه ترك ابنتها في مثل هذه الظروف.

اتصلت بصهره، إلى جانب زميله الجديد.

جاؤوا. عندما رأيتهم، شعرت بالذهول. كان صهر ذلك الرجل العجوز شابًا وسيمًا، في حين كانت المرأة سمينة وطويلة القامة. كانت ملامحها عادية وبسيطة ؛ لا شيء كان جذابًا باستثناء شهوانيتها. كان صوتها أجش، والذي ربما كان السبب في أنها يمكن أن تغري الرجل. كان من المعروف أن لديها العديد من العشاق قبل هذا الشاب.

بشكل منفصل، تحدثت مع الرجل. سألته: "هل تحب زوجتك ؟"

"بالطبع، أنا أحبها وابني." أجاب.

"لكن لن تقبل أي امرأة هذه العلاقة أبدًا".

"إنها مشكلتها. أنا أشبع حاجتها ".
"زوجتك امرأة ساحرة ومثقفة."

"نعم، أعرف ذلك."

"لماذا لا يمكنك ترك هذه المرأة ؟"
"لا، لا يمكنني تركها."

"لكن لماذا ؟"

قال فلسفياً: "الصهارة المنصهرة وحرارة الموقد لها فرق كبير".

اعتقدت أنه لا قيمة لمواصلة المناقشة معه.

تحدثت بشكل منفصل مع تلك المرأة. عندما سألتها، "لماذا تكسر عائلة ؟"

قالت: "لقد بذلت قصارى جهدي لأجعله يفهم العواقب، لكنه لا يستمع إلى كلماتي. ماذا يمكنني أن أفعل ؟"

"يمكنك طرده من منزلك."

"فعلت ذلك ولكن صدقوني ؛ بقي جالسًا خارج منزلي."
أوقفت المزيد من النقاش معها.

الحب أعمى، ولكن بصرف النظر عن ذلك، كان إيرا على حق ؛ الحب ليس سوى الراحة. مهما كانت المرأة جميلة عندما تفقد بريقها وتصبح جزءًا من الحيازة لمجرد إظهار طبقته، وحيازته الجميلة والمكلفة للمجتمع. ولكن في الواقع، يرغب الجميع في الصهارة المنصهرة، التي تبتلع كيانه وتأخذه إلى عالم مختلف من السعادة والرضا الحسي. على النقيض من ذلك، فإن حرارة الموقد هي طقوس تتطلب جهدًا لإشعال النار.

ربما هذا هو الفرق بين الحب والشهوة.

لكنني رأيت لونًا مختلفًا من الحب أيضًا. أحاول معرفة ما يجب أن أسميه. حدث الأمر هكذا...

كانت صديقة طفولته الماليزية.

كان اسمها مانسي.

تخرجت في العلوم المنزلية.

كانت فتاة جميلة ذات عيون كبيرة وشعر طويل. كان صوتها ناعمًا ولطيفًا.

كان الملايو صبيًا جيدًا ووسيمًا وحيويًا. حصل على دبلوم في هندسة التعدين وحصل على شهادة OVER MAN. حصل على موعده في منجم للفحم. خصصوا له ربعًا.

بعد ستة أشهر من عمله، تزوجا بموافقة والديهما.

بدأ الملايو والمنسي العيش في حي الشركة.

كان لدى الملايو الكثير من الأصدقاء.

كان أمام مسكنه متجران - أحدهما متجر شاي والآخر متجر مؤن.

ذات يوم اتصل مانسي بمالاي، التي كانت في الخدمة.

"مرحبًا،"

"مرحباً، لماذا تبكي يا منسي ؟"

"أمي مريضة، وهي في المستشفى."

"إذن لماذا تبكي ؟ سوف تصبح على ما يرام ".

"أريد أن أذهب لمقابلتها".

"لا بأس، اذهب أنت ولكن لا تبكي."
"حسنًا، سأحتفظ بغدائك على الطاولة والعشاء في الثلاجة."

"لا تزعجك. استعد وانطلق ".

"هناك وقت في الحافلة. سأحتفظ بطعامك، وأغلق الربع وأعطي المفتاح لسن دادا ".

"حسنًا يا عزيزتي."

"حسنًا، سأحاول العودة في أقرب وقت ممكن."

"لا بأس. اعتني بأمك وأخبرها ناماستي مني ".

وأعطت منسي مفتاحها الربعي لسن دادا وذهبت إلى موقف الحافلات.

عندما عاد الملايو من العمل، ذهب لأخذ مفتاح من سين دادا. سأله سين دادا: "هل كل شيء على ما يرام ؟ كان منسي يبدو منزعجاً جداً ".

"أمها في المستشفى."

"أوه!"

فتحت الملايو بابه، واستحمت، وتناولت الغداء. كان مسروراً بمنسي. لقد اهتمت به. شعر بفراغ في مسكنه. عسى الله أن يشفي أمها في القريب العاجل، فتعود في أقرب وقت ممكن. بالتفكير في كل هذه الأشياء، نام.

في المساء، اجتمع هو وأصدقاؤه في نادٍ للعمال. تناولوا الشاي ولعبوا الورق والكروم وتنس الطاولة.

عاد متأخرا من النادي. غيّر ملابسه. أخرج عشاءه من الثلاجة. قام بتدفئته. أخذ عشاءه. كان سمك هيلسا بالكاري والأرز. أكل أكثر من ذلك اليوم. ترك أواني فارغة وصحنًا وكوبًا وإبريق ماء على الطاولة وذهب للنوم.

في اليوم التالي عندما جاء الصبي الحليب لتسليم أكياس الحليب، رن الجرس ثلاث مرات، ولكن لم يكن هناك استجابة من الداخل، لذلك أبقى الأكياس بالقرب من الباب وذهب بعيدا. بالنسبة لسين دادا، كان الأمر مذهلاً للغاية. اعتادت الملايو على الاستيقاظ مبكرًا. اعتاد أن يأخذ الحليب من صبي الولادة. اعتاد على ممارسة اليوغا والتأمل. كان هذا روتينه اليومي. كان يعتقد أن الملايو يجب أن يكونوا قد أخذوا قرص نوم وكانوا سينامون.

جاءت الخادمة، كالعادة، في الساعة العاشرة. قرعت الجرس. طرقت الباب مرارًا وتكرارًا. طرقت على النافذة، لكن لم يكن هناك رد من الداخل. الآن طرق سين دادا وأشخاص آخرون بابه ونافذته. أبلغ سين دادا الشرطة. عندما جاءت الشرطة، طرقوا أيضًا الباب والنافذة أولاً، ثم فتحوا الباب ودخلوا.

كانت الملايو ميتة على سريره. يبدو أنها حالة تسمم. تم إبلاغ والدي الملايو وزوجته بذلك.

بدأت الشرطة التحقيق. أخذوا جثته إلى المستشفى للفحص الطبي وتشريح الجثة.

كانت حالة والدي الملايو مثيرة للشفقة. كان مانسي يعاني من نوبات متقطعة. تم إدخالها المستشفى. ومع ذلك، تم تنفيذ الطقوس الأخيرة. أكد الطبيب أنها كانت حالة تسمم. كان سمًا يقتل الفئران.

بدأت الشرطة تحقيقه. سأل سين دادا، أصدقاء الملايو، وزوجته مانسي. كانت والدة منسي لا تزال في المستشفى.

لقد كان لغزًا للجميع. كان يُعتقد أن قاتل الفئران ربما سقط في الطعام عن طريق الخطأ لأن زجاجة قاتل الفئران كانت على منصة المطبخ في حالة مفتوحة. كان غطاء الزجاجة على الأرض. لم يكن هناك بصمة على زجاجة سم الفئران أو الغطاء. كان لكل إناء على طاولة الطعام بصمات أصابع ماليزية فقط.

كانت هذه القضية قضية مفتوحة ومغلقة. حصل مانسي على مستحقات الملايو ووظيفة بدلاً من الملايو. أعطى مانسي المال لوالدي الملايو. هذه اللفتة من راتبها أنقذتها من الشرطة. لم يعتقدوا أبدًا أنها ربما ارتكبت خطأ، لكن إيماءتها تجاه الآباء الماليزيين كانت ثقيلة.

أغلقت الشرطة القضية، في حين كانت القضية واضحة في وضح النهار.

الحب في بعض الأحيان له لون غريب.

بينما أمسك هذا القلم في يدي، آمل أنه في يوم من الأيام، سأسمع بلا شك صوت إيرا وأعطيها هذا القلم. إنه ليس سوى الأمل ضد الأمل، لكن الأمل يبقينا على قيد الحياة.

قال أحدهم عن حق - لا يوجد أي وعد ولا أي أمل. ومع ذلك، أنا في انتظارك...

تحدث المعجزات. كلنا نصدق ذلك. أنا أنتظر المعجزة. إنها الطريقة الوحيدة للحياة لتوعيتنا بقدرتنا وقيمتنا.

وحدة العناية المركزة باتنا

عندما تم إدخال والدي إلى جناح العناية المركزة في مستشفى كلية باتنا الطبية بسبب نوبة قلبية حادة، كنت معه في المستشفى من الساعة 8 صباحًا إلى الساعة 8 مساءً. بقي أخي الأصغر في المستشفى معه خلال ساعات الليل.

على الجانب الأيسر من مدخل وحدة العناية المركزة كانت هناك غرفة انتظار بها مقعدان خشبيان ومقعد لطاووس. كان الوصول إلى غرف وحدة العناية المركزة من خلال الباب الزجاجي.

داخل الباب الزجاجي الجانب الأيسر من الممر كان هناك أربع غرف مع سريرين مجهزين بمعدات طبية للمرضى. كانت أماكن الإقامة لثمانية مرضى متاحة في وحدة العناية المركزة.

على الجانب الأيمن من الممر، كانت هناك غرفة للممرضات المناوبات وغرفة كبيرة مفروشة بالسجاد ومكيفة الهواء مع سرير أريكة كبير وتلفزيون وهاتف ومعدات مراقبة الحالة للمرضى الثمانية لطبيب مناوبة. كانت الممرضة المناوبة تعطي الأدوية للمرضى. كان الأطباء والممرضات المبتدئون متاحين في الجناح على مدار الساعة.

كانت هناك غرفة بجوار غرفة الطبيب المبتدئ لتزويد المرضى بوجبات الإفطار والغداء والعشاء.

اعتاد طبيب كبير على فحص المرضى في الصباح في حوالي الساعة الحادية عشرة، واعتاد طبيب كبير آخر على فحص المرضى في حوالي الساعة الخامسة مساءً. كانت وحدة العناية المركزة تحت إشراف هذين الطبيبَين الكبيرَين.

غالبًا ما كنت أبقى مع والدي، لكن في بعض الأحيان كنت أجلس في غرفة الانتظار بالقرب من المدخل. طورت علاقة جيدة مع بيون، وكان لطيفًا بما يكفي لجلب الشاي من الخارج لي.

غالبًا ما تحدثنا أثناء تناول الشاي.

قال لي ذات مرة: "سيدي، فقط أولئك الذين يأكلون ويشربون أكثر يأتون إلى هنا."

"كيف تقول ذلك؟" سألته.

"سيدي، لا يوجد رجل فقير يأتي إلى هنا. هنا فقط السياسيون والأغنياء قادمون". قال.

"أوه! وماذا في ذلك؟" سألته

"سيدي، انظر إلى البطون الكبيرة لهؤلاء السياسيين، الذين يملأون خزائنهم بالمال. سيدي، الله يرى كل شيء. أشعر بالسعادة عندما يأتون ويعويون مثل الحيوانات. لا أستطيع التعبير عن هذه المتعة بالكلمات. كلما طلبوا أي عمل، أتعمد تأخيره". قال.

قلت: "همم"

"أتعلم يا سيدي، كلما ذهبنا إليهم للعمل، يجعلوننا ننتظر لساعات، ولكن عندما يأتي رجل أعمال لمقابلتهم، يتصلون بهم على الفور. ليس

لديهم وقت لنا أبدًا، نحن الفقراء، وإذا التقوا بنا، فإنهم يقدمون وعودًا كاذبة، لا شيء آخر. بينما يتوسلون للحصول على الأصوات، يتحدثون بشكل كبير ويقدمون العديد من الوعود الكاذبة، ولكن عندما يفوزون، ينسون وعودهم ويختفون. ينشرون الكراهية باسم الطائفة والعقيدة والدين. نحن، الفقراء الأميون الدمويون، نقع دائمًا في فخهم. يفكر الناس مثلنا دائمًا في الله، بينما يستمتع السياسيون وأصدقاؤهم الأغنياء بالحياة. إنهم يتذكرون الله لمصلحتهم فقط، ونحن نتذكر الله لتحسيننا وخلاصنا ". توقف للحظة وقال: "يا سيدي، حتى الله يهتم بهم. لماذا يفعل ذلك ؟"

"الأمر ليس كذلك. الله يحب الجميع. إنه يهتم بالجميع. سيكافئنا على أعمالنا الصالحة، لكن هؤلاء السياسيين يفوزون لأننا نصوت لهم ". قلت.

"أنت على حق يا سيدي. معظمنا فقراء وأميون. نبيع أنفسنا مقابل نصف لتر من الخمور وساري عادي لنسائنا. نحن نسلم مصيرنا لهم من أجل هذه الأشياء. لديهم عمال حزب يعملون بلا كلل من أجلهم. لا أعرف لماذا ؟" قال بيون بحزن.

"لا تقلق ؛ في يوم من الأيام، ستصبح بلادنا واحدة من أفضل الدول في العالم. فقط عندما نصوت لأشخاص جيدين وصادقين، وليس أولئك الذين تختارهم الأحزاب السياسية. فقط عندما نتوقف عن بيع ضميرنا لمصلحتنا، سيحصل المشاغبون على تذاكر الانتخابات. دعونا نشرب كوبًا من الشاي ". أخبرته.

"هل تتحقق كلماتك ؟ أتمنى أن يستمع الله إلى ما قلته. أنت تعرف، يا سيدي، حتى الله نادرا ما يدعو هؤلاء الخطاة في وقت مبكر في مكانه. إنهم ليسوا بشراً. إنها شيء آخر. من هنا يا سيدي ؟" سأل بيون.

أجبته: "أبي".

"أوه، لا تقلقي. سيرحمه الله. سيصبح على ما يرام. أنا ذاهب لتناول الشاي ". قال بيون وذهب لإحضار الشاي.

فكرت في أسباب هذا المرض.

قد يكون ذلك بسبب فرص أقل أو حوكمة رديئة أو نظام تعليمي عفا عليه الزمن. قد تكون هذه هي الأسباب. بعد فترة طويلة من الاستقلال، يمكن للمرء أن يجد ملصقا "من كشمير إلى كانياكوماري الهند هو واحد". ومع ذلك، من المستحيل في المدارس العثور على منهج واحد ومجموعة واحدة من الكتب. كل مدرسة لديها كتب مكتوبة بشكل مختلف. إنهم يعرفون جيدًا أنه إذا تم تدريس دروس الكراهية منذ الطفولة، فسيكون من السهل استخدامها لاحقًا. عندها فقط سيظلون حكامًا ويطلق عليهم منقذ الحرية الاجتماعية والأخلاقية والروحية لهؤلاء المهزوزين الحمقى، الناس الحمقى. هذه الأحزاب السياسية لديها الكثير من المال. لقد أصبحت شركة كبيرة. يشترون الصحفيين الانتهازيين في الدار الإعلامية. لا يزالون مشغولين بنشر أجندتهم. يفسدون عقل الناس حسب رغبات سيدهم. كنت منغمسًا في هذه الأفكار، لكن صوت الطاعونة أعادني إلى الواقع. "شايك يا سيدي".

أثناء تناول الشاي، سألته عن كومة الخيزران أمام متجر صغير.

أشار بيون نحو كومة الخيزران وقال: "أوه، كومة الخيزران تلك. إنه لصنع إطار لحمل جثة. هذا متجر ثاثري (إطار من الخيزران لحمل الجثة)."

"أوه!" أجبت.

كان هناك متجر صغير على مسافة، خارج وحدة العناية المركزة. لطالما وجدت كومة من الخيزران محفوظة خارج المتجر. داخل المتجر، ظل صاحب المتجر مترامي الأطراف على سرير. كان رجلًا سمينًا معقدًا ومتوسط الطول.

كل يوم تقع حادثة غريبة. فتح صاحب المتجر متجره في الساعة التاسعة صباحًا، وأدى بوجا وتناول الشاي. ثم صنع ثلاثة أو أربعة إطارات من الخيزران (thathris) لحمل الجثث إلى أرض الحرق. ثم اعتاد أن يغسل وجهه ويشرب كوبًا ثانيًا من الشاي. في غضون ساعتين، كان يبيع إطاراته المصنوعة من الخيزران. كان مشهد كل يوم.

كل يوم كان مريض واحد من وحدة العناية المركزة يذهب إلى إطار الخيزران الخاص به، وكان مريض جديد يملأ سرير وحدة العناية المركزة الفارغ. رأيت هذا لمدة أربعة عشر يومًا بينما كنت هناك مع والدي.

أدهشني أن أرى سحر الحياة والموت هذا كل يوم. هزتني حقيقة الحياة والموت هذه من الداخل. كانت هناك علاقة رائعة بين الحياة والموت. بعد كل شيء، الطائرات الورقية لديها قيود على الطيران عاليا في السماء. إنها ليست أمنية للطائرة الورقية ولكنها مسألة طول خيط. لا أحد يعرف مدى خيطه. حتى ذلك الحين، لا يزال الناس يعيشون الحياة كما يشاء. في بعض الأحيان أتساءل لماذا يعيش الناس حياتهم بتهور. إنه موقف سلبي. بعد كل شيء، إن عيش حياة خالية من الهموم مليئة بالأحلام والرغبات، والعيش اليوم لجعل الغد يستحق العيش، هو جمال الحياة.

هذه الأفكار والأفعال للإنسان غير عادية. أن تصبح أحمق، وتجعل الآخرين يخدعون، هو تماما مثل وجهين لعملة واحدة. لون واحد فقط

سيجعل الحياة مملة ومملة. تولد الأفكار المختلفة أفكارًا جديدة. هذا هو السبب في أن الحياة لا تزال تمضي قدمًا.

ما مدى ملاءمة شعار صانع الخيزران "إطار الخيزران على عتبة بابك"؟ يقوم صاحب المتجر بعمله بوتيرة هادئة. لا يبدو أنه في عجلة من أمره. حتى لو تلقى الطلب في الساعة التاسعة صباحًا، فإنه يعد إطارات الخيزران في الساعة الحادية عشرة. إنه يعلم أنهم سيحتاجون إلى إطار الخيزران الخاص به فقط بعد إجراء ترتيب النقل. لا يمكن حمل الجثة إلا بترتيبات النقل المناسبة. وبالتالي، لا يظهر أي إلحاح في صنع الإطارات. يقول فلسفياً: "أنا مجرد مزود خدمة. الخدمة هي واجبي الديني. كل من جاء إلى هذا العالم يجب أن يذهب في يوم من الأيام. سواء أعجبه ذلك أو رغب فيه شخص آخر، ستستمر دورة الحياة والموت هذه. لن يتوقف أبدًا. إنها حقيقة أبدية".

في الواقع، هو مقدم خدمة. الرجل الذي هو على قيد الحياة يحتاج إلى مقدمي الخدمات، سواء كانوا أغنياء أو فقراء، للحياة اليومية. وبالمثل، يُطلب من مقدمي الخدمات حتى بعد الوفاة ولكن مع اختلاف. بعد الموت، هناك فرق كبير في الطقوس الأخيرة بين الفقراء والأغنياء ؛ الطبقة هي طبقة. لا يهم أنه بعد الحفل الأخير، يصبح الجميع متساوين جسديًا، ولكن في الحياة الأخرى، من يحصل على ماذا ؟ من يدري ؟ إنها مسألة نقاش، ولكن سواء أكانوا أحياء أم أمواتًا، فإن مقدمي الخدمات يزدهرون دائمًا.

في لعبة الحياة والموت البسيطة هذه، جاء مريض حوالي الساعة السابعة مساءً. معه، جاءت زوجته وابنه وزوجة ابنه وحفيده. هزني ألمه وأنينه من الداخل. في حياتي، لم أر أحداً يتلوى بهذا القدر من الألم. فكرت في كيف يمكن لله أن يلحق الكثير من الألم بشخص ما.

يمنح هذا الجسم وبراعم التذوق متعة هائلة للشخص. لا يفكرون أبدًا للحظة أثناء إلحاق الألم بالشخص الآخر ؛ سوف يستقبلونه مرة أخرى باهتمام. لا يزال الجميع ضائعين في هذه الملذات. اليوم يجب أن يصلي هذا الرجل. يجب ألا يرغب في نفس واحد آخر. الله يرحمه ويجعل أنفاسه النفس الأخير.

أجبرني النظر إليه على التفكير في أنه إذا أظهر أي رحمة على الفقراء والعاجزين. هل سبق له أن فكر في محنة الرجل الفقير والمضطهد ؟ لا بد أنه يمارس سلطته وموقعه عليهم ويتصرف مثل فيل متهور جبار.

يجب ألا يكون قد اعتقد أنه في يوم من الأيام، سيأخذ الله علمًا بأفعاله، ويحسبها ويدفع له مع الفائدة. إذا كانت مثل هذه الفكرة قد حدثت في أي وقت مضى، فيجب أن يكون قد أصبح ضابط شرطة جيد. لكن اليوم، يجب ألا يواسي نفسه بالتفكير، بعد كل شيء، ما الذي يدعو للقلق ؟ كل ما كان يفعله لم يكن سوى جزء من واجبه.

الآن بعد هذا الألم والمعاناة، ستتغير فكرته عن النظر إلى الأشياء. وسيحاول الآن أن يصبح ليس واحدا من أفضل ضباط الشرطة ولكن واحدا من أفضل البشر في بلاده. أعتقد أنه يجب أن يكون في عملية التغيير.

كان هذا الرجل نائب مدير الشرطة في أورانغ آباد. كان يتلوى من الألم ويبكي مثل حيوان في اليوم الذي جاء فيه. بقي في نفس الحالة ليوم وليلة كاملين. في اليوم الثالث، هدأ ألمه، وتوقف عن البكاء.

في فترة ما بعد الظهر، خططت زوجته وابنه وزوجة ابنه لجمع معلومات منه حول المال والأوراق الأخرى والشقق وما إلى ذلك، والتي ربما أخفاها. أخبر ابنه الوحيد والدته أن بابا يبدو بخير الآن. يرجى سؤاله عن المكان الذي احتفظ فيه بجميع الوثائق والنقد ".

"يجب أن يكون هناك شيء، ولكن حتى لو كان هناك، يجب أن تكون الحماة على علم." قالت زوجته.

"أغلق فمك. لا تفرض ضرائب على عقلك ". قال زوجها.

"أمي، أخبريني، هل لديك معلومات كاملة ؟" سأل الابن الأم.
"لا، لا أعرف. لم يخبرني والدك بأي شيء. كلما سألته عن أي شيء، قال لي، هل سأهرب مع شخص ما ؟ الآن دعني أسأله "، قالت لابنها.

"حسنًا يا أمي، حاولي. قال الابن لأمه: "سنشاهد فيلمًا في عرض صباحي".
"حسنًا، سأحاول"، أكدت الأم لابنها.

ذهب ابن الرجل المريض وزوجة ابنه وحفيده لمشاهدة فيلم العرض الصباحي. عندما عادوا، سأل الابن والدته، "أمي، هل هناك أي تقدم ؟"
"نعم، قال بصوت منخفض، سيسمح لك بكتابة كل شيء." أخبرت الأم ابنها.

شعر بسعادة غامرة. بدأ في السوق في الحال. سألته الأم: "إلى أين أنت ذاهب ؟ لقد أتيت للتو. أنا جائع. لم أتناول الطعام منذ الصباح ".

سأل الابن: "لماذا لم تأخذ الطعام ؟".

"من كان سيحضر لي الطعام؟ لقد ذهبتِ إلى السينما ". قالت الأم.

"يوجد فندق أمام بوابة المستشفى مباشرة. كنت قد ذهبت إلى هناك وأخذت طعامك"، نصح الابن والدته.

"لم أر الفندق، وحتى لو كان الأمر كذلك، فكيف كنت سأذهب؟ من كان ليكون بالقرب منه". قالت الأم.

قال الابن لأمها بنبرة قاسية: "لو كنت قد ذهبت لفترة من الوقت، لما وقعت أي كارثة".

قالت الأم لابنها بغضب: "يجب أن تخجل من التحدث بهذه الطريقة عن والدك".

"حسنًا، لا تقلق. سأحصل على نسخة وقلم. سأحضر لك الطعام ". قال الابن.

أحضر طعامًا لأمه، جنبًا إلى جنب مع نسخة وقلم. بعد ذلك، سألوا عن النقد وأوراق الممتلكات من ذلك الشخص المريض. سألوا ذلك الرجل شيئًا تلو الآخر.

غالبًا ما أخبرتهم الممرضات بعدم إزعاجه كثيرًا، " لماذا لا تفهمون أيها الناس؟ من فضلك دعه يرتاح." المزيد من الراحة سيساعده على التعافي بسرعة.

ذهبت نصيحة الممرضة سدى. لم يلتفتوا إلى رأيها. كانوا يسارعون لجمع أكبر قدر ممكن من المعلومات باسم الحب. بدوا متخوفين وغير متأكدين من حياته.

مثل هذه العلاقة بين الحب والثروة موجودة منذ عصور. كنت أشهد ذلك أمامي.

ألا تعرف لماذا يتصرف الناس على هذا النحو في لحظة حرجة على عكس ما يقولونه أو يعظون به في الأوقات الجيدة ؟ لا أفهم لماذا تكون للثروة دائمًا اليد العليا على الحب في ظل هذه الظروف.

قرأت في مكان ما. أبقى الابن والده أسيرًا وقيده في الغرفة للحصول على قطعة أرض في أوتار براديش. بقي الأب أسيرًا لمدة عامين.

ظل يحدق خارج نافذة غرفته، في انتظار معجزة، في انتظار شخص ما لحريته، على أمل أن يأتي شخص ما لإنقاذه وأن يكون مرة أخرى رجلاً حراً.

كان واثقاً من هذه المعجزة.

يجب أن يفكر هذا الأب المقيد دائمًا أنه عندما يغادر هذا العالم ويلتقي بزوجته في السماء، سيسألها، "أيها المحظوظ، ما الخطأ الذي سببته لي ابني، من لحمي ودمي، مثل هذا العقاب ؟ هل لديك أي معرفة، أو ليس لدي أي معرفة ؟ من فضلك قل لي ؛ ما الخطأ الذي حدث في تربيتنا ؟ خلال فترة حبسي، كنت أصلي دائمًا إلى الله ؛ من فضلك لا تمنح أي شخص، مع مثل هذا الطفل، مثل هذه البهجة. ستكون أفضل رحمة لك إذا أبقيت الناس بلا أطفال من رحمتك هذه، التي أعطيتني إياها.

وبالمثل، في دلهي، جاء ابن من أمريكا بعد وفاة والده. أقنع والدته بالذهاب إلى أمريكا معه. بعد إقناعه المستمر، وافقت على الذهاب مع

ابنها الوحيد. من باع في وقت لاحق ممتلكات والده، أي مبنى من ثلاثة طوابق، وأخذ والدته معه، وذهب إلى المطار ؟ طلب من والدته الانتظار في الردهة حتى يعود بعد الانتهاء من جميع الإجراءات. أخذ التذكرة وجواز السفر منها. بقيت الأم تنتظر ابنها بينما عاد ابنها إلى أمريكا.

كثيراً ما أتساءل كيف يمكن لأي ابن أن يفعل مثل هذا الشيء السيئ لأمه. كيف سيسمح له ضميره بالعيش بسلام بعد هذا الحادث ؟ أعتقد أنه ربما لم يكن لديه ضمير على الإطلاق. لو كان لديه ضمير، لما فعل مثل هذا الشيء بأمه.

بعد وصوله إلى أمريكا، يجب أن يكون قد استلقى في حضن زوجته، مبتهجًا بنجاحه المذهل. لا بد أنه يخبر زوجته - صحيح أن هناك امرأة وراء كل رجل ناجح، وها أنت ذا يا حبيبي. أنت نجاحي ؛ أنت روحي، فطيرتي الحلوة.

في مكان ما، يصبح اختيار شريك الحياة مسألة شرف للعائلة، مسألة حياة أو موت. أب يبقي ابنته أسيرة في الغرفة لأنها تريد الزواج من شخص من اختيارها من طائفة أخرى وعقيدة ودين. يتصرف بطريقة كما لو أنه لم يلد ابنة من لحمه ودمه ولكنها روبوت أو عبد.

وهو لا ينتشر فقط بين الأشخاص الأقل تعليماً ولكن أيضاً بين الأشخاص المتعلمين تعليماً جيداً والذين يطلق عليهم اسم الأشخاص المتطورين في المجتمع المرتفع. نحن بارعون في التحدث بشكل كبير والاستشهاد بأمثلة رائعة، لكننا مجرد قذارة فاسدة. نحن نعلم جيدًا أن الحب هو جوهر الحياة وجوهر وجودنا، سواء كان بشرًا أو طيورًا أو حيواناتًا، لكن هل نهتم ؟ هل نهتم بنسائنا ؟

نحن نعلم على وجه اليقين أن من يخسر في الحب هو الفائز النهائي.

نحن نعلم جيدًا أنه فقط عندما نتخلص من غرورنا ؛ قد نجد الحقيقة الأبدية، العليا. نحن نعلم جيدًا أنه في اللحظة التي نسلم فيها غرورنا، يصبح عديم الشكل حقيقة واقعة، كيانًا حقيقيًا.

قال أحدهم ببراعة أننا تجولنا في هذه السماء اللانهائية مع براهما. كنا مع محمد أثناء هجرته من مكة إلى المدينة المنورة. جلسنا مع بوذا تحت شجرة المعرفة. اكتسبنا المعرفة من كل روح متعلمة جاءت إلى هذه الأرض ؛ حتى ذلك الحين، ظللنا سخيفين وغير حكماء، محصورين في خطوط راحتي أيدينا.

غرورنا وجشعنا وملذاتنا الأثيرية هي أعداؤنا. على الرغم من إدراكنا لذلك، فإننا نواصل السير في نفس المسار الذي لا نحبه. نحن نشعر بالقلق والعبوس عند الغش ولكننا لا ننأى بأنفسنا أبدًا عن خداع الآخرين. نحن نشعر بسرور كبير ونشعر بالفخر لفعل شيء فظيع لأطفال الآخرين، وننسى أن الله قد أعطانا أطفالًا أيضًا.

نحن لا نهتم بالقاعدة الأساسية القائلة بأن كل قطعة من الخبز المحترق ستكون قطعة محترقة فقط. مع العلم أن شجرة السنط لا يمكن أن تنتج المانجو، نؤكد لأنفسنا أن هذا ليس سوى طريقة للحياة.

أخبرني شخص ما أن هذا العالم سيتوقف عن العمل إذا أصبح الجميع راهبًا. إذا أصبحت راهبًا، فلن يتغير الناس للأفضل.

فقط من خلال التفكير بهذه الطريقة، نستمر في التحرك على الطريق الخطأ، ونظل مشغولين بالركض في سباق أعمى، والاستمتاع بطعم أخطائنا، والركوب على غرورنا، والتوتر، وعدم الانتباه، والقسوة.

هناك العديد من قصص الخيانة والإيمان والمحبة. هناك العديد من القصص المخالفة لذلك. هذه التنوعات تجعل رحلتنا في الحياة ملونة وجميلة بشكل غير عادي. الألم والمتعة، الخير والشر، الحب والكراهية، الائتمان وتشويه السمعة، المطر وأشعة الشمس، الشتاء والصيف هي وجوه وألوان الحياة. ما زلنا مشغولين بالعيش معهم مع éclat، دون خوف وقلق، مثل DSP، الذي شعر بالراحة من ألمه المستمر بعد يومين ونصف.

كل يوم كنت أشهد مثل هذا السيناريو في الصباح أو الظهر أو المساء. فجأة كان هناك صخب، ورأيت DSP في أورانجاباد، الذي كان يعاني من ألم شديد لمدة ثلاثة أيام، يودع هذا العالم. تم وضع جسده ملفوفًا بقطعة قماش بيضاء على إطار من الخيزران.

تساءلت عن عائلة DSP. هل نجحوا في سعيهم لجمع معلومات عن الثروة الخفية منه ؟

لم يستجيبوا لطلب الممرضة المتكرر بعدم إزعاجه كثيرًا ؛ ظلوا مشغولين بجمع المعلومات منه.

كانوا على صواب أو خطأ. من أنا لأحكم ؟ لا بد أن القدير قد أصلح هذه الطرق لتلك الروح الراحلة. تبدو طرقه مضحكة أو قاسية، لكنه لا يعرف سوى الحقيقة الكاملة ويتخذ قرارًا مناسبًا. يتخذ قراره بناءً على الصواب والخطأ. تستند قراراتنا دائمًا إلى ما نحب وما لا نحب أو الربح والخسارة.

كنت حزينًا لأن أحد ضباط الشرطة لم يستطع أن يصبح ضابط شرطة معقولًا وإنسانيًا

ديث أنجل وبيربال

ساعدتني هاتان القصتان الملهمتان على رؤية الحياة من منظور واضح. أريد أن أشارك هذه معكم جميعًا.

ذات مرة كان الكاتب العظيم مشغولاً بكتابة الفصل الأخير من سيرته الذاتية. كانت الساعة الثانية والنصف ليلاً. شخص ما طرق على بابه. فتح بابه ورأى ملاك الموت (يمدوت) واقفاً. قال له إنجل: "انتهى وقتك على هذه الأرض. جئت لأخذك معي ".

قال الكاتب: "أنا مستعد للذهاب معك، لكن هل تتكرم بإعطائي عشر دقائق ؟ أنا على وشك إكمال كتابي. سيكون هذا لطفًا كبيرًا منك ".

قال ملاك الموت، "حسنًا، سأنتظر في الخارج."

كتب الكاتب على عجل وألقى أوراقه في سلة المهملات. لم يكن راضيًا عن كتاباته.

كان هناك طرق على بابه. مرة أخرى، أخذ عشر دقائق من ملاك الموت، الذي منحه إياه. كتب بجدية. ألقى تلك الأوراق في سلة المهملات مرة أخرى.

كان هناك طرق على بابه، ومنحه ملاك الموت الوقت للمرة الثالثة. استمر في الكتابة ورمي الأوراق في سلة المهملات. لقد فعل الشيء نفسه.

مرة أخرى، كان هناك طرق على بابه. هذه المرة أثناء فتح الباب. فجأة، ظهرت فكرة في رأسه. سأل، آخر عشر دقائق من ملاك الموت.

قال ملاك الموت وهو يبتسم: "سيدي الكاتب، أعلم أنك تكتب الفصل الأخير من سيرتك الذاتية. حتى الآن، كتبت وألقيت 41 صفحة في سلة المهملات. بينما تأتي لفتح الباب، تومض فكرة في ذهنك. أنت تحاول أن تكتب عن علاقة المرء مع زملائه من الكائنات والجيران والأقارب والأصدقاء والزوجات والأطفال. كنت تحاول كتابة الحقيقة بناءً على تجربتك، إنها مثالية، لكنك اختبرت الحقيقة الآن. سيدي الكاتب، أنت تنسى شيئًا واحدًا قبل إخراج روح المرء من جسده ؛ نأخذ صوته أولاً ثم يدرك رحلة حياته. يدرك الحق ولهذا يبكي الإنسان قبل موته. يريد مشاركة حقيقة الحياة هذه مع أقاربه وأقاربه، لكنه يصبح غير قادر على الكلام. لا تقلقي. سيتم نشر كتابك عن طريق كتابة الفصل الأخير من صفحاتك من سلة المهملات. سينشر كتابك، وسيحبه الناس. سيبقى سحر هذه الحياة متدفقًا. سيظل الناس مسحورين ومسكرين ومستوحين من لون ومتعة هذا العالم كما كان دائمًا. يؤسفني أنني لا أستطيع إعطاء دقيقة واحدة الآن. لماذا لا تعتقدون من يرغب في العيش في هذا العالم بعد معرفة حقيقته ؟"

لقد رأيت كيف يغير الاسم والشهرة والمال الرجل. يضع أخطائه مباشرة على الآخرين ويفخر بها. ينحدر، لدرجة أنه يعتبر نفسه نصف إله.

ذات مرة سأل الإمبراطور أكبر بيربال، "بيربال، هل يمكنك أن تخبرني أين يعيش الله ؟ لماذا لا نراه ؟ وماذا يفعل ؟".

فاجأ هذا السؤال بيربال، لكنه هدأ من روعه وقال: "سموه، سيكون لطفًا كبيرًا منك إذا منحتني أسبوعًا للإجابة على هذه الأسئلة".

"حسنا، بربعل، لدي إيمان بحكمتك. ستجد بالتأكيد الإجابة الصحيحة على هذه الأسئلة ". قال كينغ.

كان بيربال منزعجًا جدًا من العثور على الإجابات الصحيحة لهذه الأسئلة. سأل ابن بيربال، حوالي الثانية عشرة، والده، "بابا، لماذا أنت مضطرب للغاية ؟"

"لا شيء بهذه الجدية. قال بيربال لابنه: "أنا منزعج بسبب سؤال الملك".

سأل ابن بيربال بابا الأسئلة التي أزعجه. لم يسبق لي أن رأيتك منزعجًا جدًا في الماضي. أخبرني أبي، قد أساعدك في العثور على الإجابة ".

أخبر بيربال ابنه بالأسئلة التي أزعجه بشدة. بعد طرح السؤال، قال ابن بيربال: "هذا كل شيء. أنا أعرف الإجابة. أنت قلق بلا داعٍ. كلما سألتني، سأخبر الملك بالإجابة على أسئلته ".

جاء ابن بيربال في دورباره. شعر بيربال بسعادة غامرة. أبلغ رغبة ابنه للملك أكبر. أصبح الملك سعيدًا. حدد تاريخ ووقت دورباره. سأل الملك، "يا بني، أخبرني بإجاباتك."

قال ابن بربعل للملك: "سموك، أنا تابعك ولكن لست خادمك أو أعمل بأي صفة في مملكتك. في أماكننا، إذا استفسر أي شخص خارجي عن أي شيء، نقدم له كوبًا من الماء أولاً. عندها فقط يحصل على الإجابة. هنا، أقف في دوربار سمو الملك أكبر، ولم يقدم لي أحد حتى كوبًا من الماء ".

عندما استمع الملك إلى هذا، طلب من رجله إحضار الحليب لابن بيربال.

أحضر وأعطى وعاءً كبيراً من الحليب للفتى. بعد حمل وعاء الحليب، بحث الصبي عن شيء في الحليب بإصبعه. سأله الملك: "ما الذي تبحث عنه في الحليب ؟"

قال الصبي: "سموك، أنا أبحث عن الزبدة في الحليب".

"ولكن بهذه الطريقة، لا يمكنك العثور على الزبدة في الحليب. لصنع الزبدة، أولاً، نصنع اللبن الرائب من الحليب، ثم يتم تقليبها، وتخرج الزبدة، يا بني ".

قال الصبي، "سموك، لقد أجبت على سؤالين."

"كيف أجبت على سؤالي ؟" استفسر كينغ.

قال الصبي: "الله يعيش في قلب كل إنسان. عندما يصنع الإنسان اللبن من نفسه ثم يحرك نفسه، يرى الله بداخله ".

شعر كينج بسعادة غامرة لسماع الإجابة. قال: "أنا سعيد لسماع إجابتك. أنا معجب جدا بذكائك. الآن أجبت على سؤالي الثالث ".

سأل الصبي الملك، "هل لي أن أطرح سؤالاً عليك، سموك".

"اسألني ما تريد أن تسأل."

سمح الملك للفتى

"لطفك، سموك، أريد فقط أن أعرف ما إذا كنت ترغب في سماع الإجابة على سؤالك الثالث كملك أو طالب. إذا كنت ترغب في معرفة الإجابة كملك، فستكون مسألة تخمين لأنني سأضطر إلى تخمين الإجابة التي لديك في عقلك، ولكن إذا كنت ترغب في معرفة الإجابة مثل الطالب، فسيتعين عليك أن تثق في معلمك (المعلم). والآن، يا أصحاب السمو، أخبروني بأي صفة ترغبون في معرفة إجابتي ". سأل الصبي الملك.

فكر الإمبراطور أكبر لفترة من الوقت، ثم قال: "أود أن أعرف الإجابة كطالب".

قال الصبي: "شكرا جزيلا، سموك، لقد جعلت من السهل بالنسبة لي الإجابة على سؤالك الثالث، ولكن لا يبدو غريبا أن يقف معلم أمام تلميذه بينما يجلس طالب على عرشه".

"عظيم، لقد أشرت إلى الشيء الصحيح." بقوله، وضع هذا الإمبراطور الصبي على عرشه، ووقف أمامه في منتصف دورباره.

قال الصبي: "هذا ما يفعله الله"، "يضع شخصًا من الأرض إلى العرش وشخصًا من العرش إلى الأرض في لحظة".

هذا هو السبب في أننا نقول ـ طرقه ؛ وحده يعرف.

معلم مدرستنا

كان ابن معلمنا في السنة الأخيرة من دبلوم في الهندسة الآلية في دلهي، وخاض الانتخابات على بطاقة حزب وطني، وأصبح عضوًا في البرلمان. لقد كانت معجزة. مع عدم وجود صلة سياسية، حصل ابن مدرس في مدرسة ابتدائية على تذكرة حزب وطني لجهوده. فاز في انتخابه وأصبح وزيرًا. لقد كان مثالًا استثنائيًا، معجزة حيث يجعل الله الإنسان من كيان إلى كيان في لحظة.

بدأ معلم مدرستنا عمله كمدرس في مدرسة ابتدائية. كان شخصًا طيب المحيا وخائفًا من الله. كان يرتدي الكورتا والبيجاما فقط. من المعتاد أن يعيش معلم المدرسة في منزل مستأجر. عاش معلم مدرستنا بالقرب من مدرسته في منزل خارجي لشخص واحد. كان للبيت الخارجي شرفة وغرفة. أعطى ذلك الشخص منزله الخارجي بشرط أن يعطي الرسوم الدراسية لابنيه. يمكنه العيش في منزله الخارجي وتناول الطعام معهم. إذا كان يرغب في الحصول على الرسوم الدراسية، فيجوز له الحصول على الرسوم الدراسية أيضًا. رفض معلم المدرسة عرض الرسوم الدراسية. عاش في الغرفة الخارجية، وأخذ الطعام مع العائلة، وأعطى دروسًا لابنيه.

وباستثناء فترة قصيرة، بقي في نفس المدرسة، حيث التحق بواجبه. في وقت لاحق، تمت ترقية تلك المدرسة الابتدائية إلى المدرسة المتوسطة. أصبح معلم مدرستنا مدير تلك المدرسة وتقاعد من تلك المدرسة الإعدادية.

عندما قامت العائلة التي كان يقيم معها منذ بداية ناقله ببناء منزل جديد وانتقل من منزل أجداده، طلبوا منه أن يصنع منزله في حدودهم. بنى منزله في مجمعهم وعاش في منزله. عندما تزوج، أسس منزله وعاش

بشكل مستقل. الآن لم يكن يعطي دروسًا لأي من أطفال ذلك الشخص، لكنه كان جزءًا من تلك العائلة.

كانت زوجته جميلة، ناعمة الكلام، حسنة المحيا، وخائفة من الله. مع مرور الوقت، أصبح أبًا لأربعة أبناء وبنتين. تزوج ابنه الأكبر وابنته الكبرى. في غضون ذلك، غادر الرجل الذي كان مثل شقيقه الأصغر هذا العالم إلى مسكنه الأبدي.

ظلت القدر مشغولة بشؤونها المخطط لها. كما ذهبت زوجة معلم المدرسة هذا إلى مسكنها الأبدي.

عندما أصبح ابنه الثاني عضوًا في البرلمان ووزيرًا، فكر في إثبات هويته. قطع جميع العلاقات مع تلك العائلة لأنهم الآن من كبار الشخصيات.

الابن الأكبر لذلك الرجل، الذي أعطاه منزلًا خارجيًا للبقاء فيه، قام بهندسته من كلية مرموقة في البلاد. ونجح الابن الثاني لتلك العائلة في امتحان الخدمة المدنية. جعل نجاح هذين الطالبين معلم مدرستنا مشهورًا كمدرس لتلك البلدة الصغيرة ومعلم مرغوب فيه للغاية للتعليم في المدينة. أراده الجميع في المدينة أن يعطي دروسًا لأطفالهم. كان الجميع على استعداد لدفع رسوم دراسية أعلى. لم يستطع إرضاء الجميع بسبب ضيق الوقت، لكن لمسة ميداس كانت حديث المدينة. كان تلميذه الأول يعمل في ماديا براديش. عندما أصبح ابنه عضوًا في البرلمان، اتصل أول طالب له من ماديا براديش لتهنئة ابنه. رفع الهاتف وسأل: "هل لي أن أعرف من يتصل ؟"

قدم ذلك الصبي نفسه، قائلاً: "سيدي، أنا كذا وكذا."

"إذن، إذن، من ؟" سأله كما لو أنه لا يستطيع التعرف عليه.

قال ذلك الصبي اسمه مع اسم مسقط رأسه، لكنه سأله مرة أخرى، "هل لي أن أعرف اسم والدك".

هذه المرة ذكر الولد اسم والده. ثم سأله: "هناك أربعة أشخاص بهذا الاسم في تلك المدينة. أخبرني، ابن من أنت ؟"

شعر ذلك الصبي بالخجل. فكر في كيف يمكن أن يضع نفسه في مثل هذا الموقف المحرج. كانت حالة من الحماقة الكلاسيكية ولكنها الآن ترغب في سماع الملاحظة الختامية لمعلمته. قال: "سيدي، أنا ابن الرجل الذي عاملك كأخيه الأصغر. أنا ابن ذلك الشخص الذي أعطى منزله الخارجي للعيش في بداية انضمامك ".

قال: "أوه! إنه أنت. ماذا يمكنني أن أقول لك، الكثير من الهواتف قادمة ؟ لقد جننت لتلقي هذه المكالمات. لا أعرف من أين، فقد ظهر الكثير من الأقارب. هناك احتمال أن يصبح وزيرًا. المنزل بأكمله مليء بالباقات وعلب الحلويات والفواكه الجافة. هناك اندفاع مجنون، وأصبحت هذه الهواتف مصدر إزعاج ".

لم يكن هناك شعور بالندم في صوته لعدم التعرف عليه. كان صوته مليئًا بالسعادة والفخر. فجأة، أصبح شخصًا استثنائيًا من شخص عادي. شعر الصبي بالخجل لكنه قال: "تهانينا"، وأغلق الخط.

قرر في قلبه أنه لن يتحدث إليه أو إلى أي من أفراد أسرته من جانبه في حياته.

الآن لم يعد معلمه المدرسي موجودًا في هذا العالم، لكن هذا الصبي لا يزال حازمًا في قراره ويأمل في البقاء ثابتًا حتى وفاته.

في غضون عام من أن يصبح ابنه وزيرًا، قام معلم مدرسته ببناء منزل من ثلاثة طوابق بدلاً من منزله القديم. قام قسم الكهرباء بتركيب محول له. قامت إدارة الأشغال العامة ببناء طريق من الطريق الرئيسي إلى منزله.

إنه جمال ديمقراطيتنا. غادر البريطانيون بلدنا منذ فترة طويلة، لكن الحمض النووي للعبودية لا يزال في دمائنا. ديمقراطيتنا إقطاعية بمعناها الحقيقي. هنا، القادة هم الملك، وبقية الناس هم رعاياهم (باستثناء عدد قليل). إنه لامتياز للعامة أن يخدموا أسيادهم، والقادة مثل البيروقراطيين، وقوة الشرطة.

اشترى أرضًا زراعية وأنشأ متجرًا لتصليح السيارات، ومتجرًا لقطع غيار السيارات، ووكيل جرار، ومكتبة كبيرة، ومضخة بنزين. بنى غرفة لحارس أمن مع حمام ملحق على أرض الحكومة. في الوقت الحاضر، لا أحد يعيش في هذا المنزل باستثناء ابنه الأكبر، الذي يعتني بهذه الأعمال، لكن أمن الشرطة موجود. إنه امتياز لنظامنا الديمقراطي. كان حراس الأمن هؤلاء هناك على مدار العشرين عامًا الماضية. الآن هناك سبع أو ثماني مركبات باهظة الثمن في مرآبه. اعتاد معلم مدرستنا أن يسأل، "هل هناك أي شخص أقوى مني في هذه المدينة ؟

كان على حق في طرقه.

بعد تأسيس كل شيء، غادر معلم مدرستنا البلدة، حيث كان يعمل في مدرسة، حيث أنشأ هذه الشركات وبدأ العيش في دلهي مع ابنه الوزير. مرة واحدة في السنة، كان يزور هذه المدينة لبعض المهرجانات. كان يقيم حفلة عشاء فخمة لأشخاص مهمين في هذه المدينة. ثم عاد إلى دلهي.

قام بواجباته الأبوية وتزوج جميع أطفاله. تزوج ابنه الوزير من فتاة من اختياره.

كما أسند المسؤولية إلى جميع أبنائه. كان الابن الأكبر مسؤولاً عن رعاية جميع أعمال المدينة حيث بدأ خدمته. وكلف ابنه الثاني برعاية صندوق عضو البرلمان لبرنامج الحكومة المكون من عشرين نقطة. طلب من ابنه الثالث الاعتناء بالفندق. يعتني ابنه الأصغر بعمل الحزب، لكن الناس يقولون إنه يستثمر الأموال في المسلسلات التلفزيونية والعقارات. وبالمثل، أسس ابنتيه. قام ببناء منازل لهم في البلدة المجاورة وخلق مصدر دخل سليم لهم أيضًا.

كانت زوجته امرأة حسنة المحيا تعتني بالآخرين وتحبهم. كانت امرأة خائفة من الله. اعتاد ابنها الوزير على رعاية والدته كثيرًا. كان أمر الأم مثل أمر الله له، وربما هذا هو السبب في أن الله وضعه من العدم إلى ذروة النجاح، لكن والدته لم تستطع رؤية تقدم ابنها. لقد غادرت هذا العالم قبل ذلك.

أسس ابنها الوزير ثقة باسمها في المكان الذي فاز فيه بالانتخابات لأول مرة. قام ببناء منزل ومكتب للثقة ونشر عشر سيارات إسعاف للإيجار في المستشفيات الحكومية والخاصة.

بعد تنظيم كل شيء حسب اختياره، رغب معلم مدرستنا في أداء فريضة الحج. في أحد الأيام اتصل ابنه الوزير بالفتى الذي يعمل في ماديا براديش. "أخي الأكبر، أنا كذا وكذا. أنا ذاهب للحج مع بابا. يمكنك أنت وبابهي (زوجة الأخ الأكبر) الانضمام إلينا. سنشعر بالسعادة ".

"ليس لدي مال. لن يكون من الممكن لنا الذهاب للحج ". قال الصبي. "سنذهب عن طريق ايرمارك للملاحة الجوية الأندونيسية. وقال الوزير: "لن نضطر إلى دفع ثمن التذاكر".

"آسف يا أخي. هذا لطف كبير منك، لقد تذكرتنا. أعتقد أنه يجب على المرء أن يذهب للحج بأمواله الخاصة. أريد أن أذهب للحج مع أموالي فقط. في الوقت الحاضر، لا أملك المال. إنها مسألة سرور وفخر بالنسبة لي ؛ لقد تذكرتنا. شكرًا جزيلًا لك يا أخي ". قال الصبي.

بعض الناس يستخدمون الدين لمصلحتهم. إنه التفسير الخاطئ للإرشادات الواضحة والمباشرة لمصلحتك الخاصة. كل من يذهب للحج يعتقد أن الله سيقبل بلا شك حجه ؛ لهذا السبب دعاه، لكنه لا يفكر أبدًا في كيف يمكن أن يكون الله جزءًا من تفسيره للدين، وآثامه، وغشه. ولعل هذا هو السبب في أن بعض الناس حولوا دين السلام هذا إلى دين كراهية.

حتى كان معلم مدرستنا على قيد الحياة، كان يعظ أطفاله ؛ إنهم من أعلى الجالية المسلمة. أقنع أطفاله أنها رحمة الله، لذلك فصلهم عن ذلك المسلم الأدنى الذي كان مرتبطًا به منذ بداية حياته المهنية. لقد طهرنا الله. لا ينسى الأطفال أبدًا أنك من كبار الشخصيات الآن. تحاول السرعة العالية للرياح دائمًا اقتلاع أطول الأشجار، لكن

الأشجار الضعيفة فقط هي التي تقتلع ؛ ابق دائمًا متحدًا، ولا تنزعج أبدًا من العقبات الصغيرة، ولا تنس أبدًا أن المال يبقى دائمًا نقيًا. يتحدث الناس دائمًا جيدًا أو سيئًا عن كيفية كسبهم للمال وسيستمرون في التحدث بهذه الطريقة أو تلك. تذكر أن الأشخاص الذين ليس لديهم الجودة والقدرة على كسب المال بالوسائل المناسبة أو الوسائل الخاطئة يشيرون دائمًا بأصابع الاتهام إلى الشخص الذي يكسبه. من دواعي سروري دائمًا سماع الأفكار النبيلة ومعرفة الطرق الإنسانية النبيلة، لكن كل هذه المحادثات لا تشبع أبدًا آلام العطش والجوع. الأغنياء والفقراء هم اختيارات الله. إنه يجعل شخصًا غنيًا وشخصًا فقيرًا. أنت تعرف "Zillato، Mantasha - Izzato - Mantasha. (الشرف والعار إرادة الله.)". رفض الصبي الذي علمته ABCD عرض ابني الوزير. لقد نسي أن اتجاه الريح قد تغير. الآن حان الوقت له أن ينحني أمامنا. يجب أن يحصل على درس. لا يمكن أن يصبح الأسد ابن آوى لصراخ شخص ما. سيبقى الأسد دائمًا أسدًا سواء أعجبه شخص ما. سيتعين عليه أن يتعلم درسًا لمعرفة موقفنا المجتمعي ومكانته اليوم.

كانت آثار هذه التعاليم العملية واضحة في محاضرة ابنه الوزير في المدرسة التي كان فيها مديرًا وحيث كان الوزير نفسه طالبًا. قال في كلمته: "المعلمون المحترمون، الأولاد والبنات، وكبار السن المحترمون ؛ اعتاد أبي أن يقول لي، ابني يدرس بجد ويصبح مهندسًا أو طبيبًا أو ضابط شرطة أو موظفًا حكوميًا ويسعدني. لكنني أصبحت سياسيًا. هل سبق لك أن رأيت الكثير من ضباط الشرطة والحكومة يشاركون في أمن مهندس أو طبيب أو ضابط شرطة أو موظف حكومي ؟ كان أي شخص من هذه المدينة وزيرًا في حكومة الهند. اليوم ليس فقط والدي ولكن أنتم أيضًا يجب أن تشعروا بالفخر بي. يجب أن يكون المعلمون وأبي والشيوخ المحترمون فخورين بي. لقد وصل صبي من بينكم إلى ذروة النجاح هذه.

لم يترك معلم مدرستنا وابنه الوزير أي جهد لتدريس الدروس لأفراد الأسرة الذين كان معهم منذ بدء خدمته. كان مثالاً مثالياً على لعب دور بروتس. في ديمقراطيتنا، يستعرض السياسيون قوتهم من خلال نشر المزيد من حراس الأمن من حولهم. وبالتالي، يصبحون سياسيين أكثر قوة. هؤلاء السياسيون لديهم غرور مبالغ فيه للغاية ولكن أحلى لسان.

نسي معلم مدرستنا وابنه الوزير أن هذا العالم قد شهد العديد من الأشخاص ذوي السلطة. التاريخ مليء بأفعالهم، لكنهم غادروا هذا العالم بشكل غير رسمي كشخص مجهول.

سرعان ما مرض مدرسنا، وظل طريح الفراش، وغادر هذا العالم بشكل غير رسمي.

45

ماهاديف تشاترجي

ماهاديف تشاترجي كان صديقي. التقيت به في أحد منازل معارفي. كان مخلصًا للإلهة كالي وادعى أن الإلهة كالي ساعدته في جميع الأمور. إذا كان يرغب في معرفة أي مشكلة، فقد أشارت إليه الإلهة كالي من خلال إظهار علم أخضر أو علم أحمر له. كان العلم الأخضر للإجابة بنعم، وكان العلم الأحمر للإجابة بلا.

كان يمتلك نوعًا خاصًا من المهارات. أثناء جلوسه على بعد أميال، كان بإمكانه معرفة الوضع الحالي لأي شخص، مثل لون ملابسه، ومكان وجوده، وعدد الأشخاص معه. اعتاد الناس على الإعجاب بهذه المهارة.

ذات مرة، سألت ماهاديف عن أطفالي. كانوا في دلهي بينما كنا في سوبول، بيهار، على بعد أكثر من ألف كيلومتر.

أخبرني ماهاديف عنهم. اتصلت بهم ودهشت لسماع الحقيقة. بعد ذلك، أصبحنا أصدقاء.

كان لدى ماهاديف العديد من الأتباع. اعتاد على أداء البوجا لهم وتقديم المشورة لهم بشأن مشاكلهم بناءً على الأعلام الخضراء أو الحمراء كلما أرادوا. كان أتباعه من بيهار وجارخاند وأوتار براديش ودلهي وراجستان. كان يسافر دائمًا إلى هذه الأماكن.

أدركت تدريجياً أن تنبؤاته كانت صحيحة في معظم الحالات ولكن ليس كذلك في جميع الحالات. قلت له: "ماهاديف، الإلهة كالي، في وقت ما يخدعك. تظهر لك اللون الأخضر لتسخر منك".

كان يغضب، "اخرس. أنت لا تعرف شيئًا وتتحدث بالهراء".

اعتدت أن أقول له، "لا تنس أبدًا أن سحر الساحر الكبير غريب دائمًا ولا يمكن التنبؤ به. إنه لا يكشف كل أسراره لأي شخص. يكشف بعض الأسرار لإشراك الناس في عالم أحلامه. فكر في الأمر يا ناقد ماهاديف".

مع هذه المزح من الأعلام الخضراء والحمراء، انتقلت علاقتنا. اعتدنا دائمًا التحدث عبر الهاتف وإلقاء النكات على بعضنا البعض.

في الوقت المناسب، أصيب ماهاديف بمرض السكري. عزيته أنه سيصبح طبيعياً مع الرعاية المناسبة، مع العلم أنه كان من المستحيل علاجه. يمكن أن يظل تحت السيطرة عن طريق تناول الدواء والاحتياطات والتمارين البدنية. حتى ذلك الحين، مع العلم جيدًا، أكد لي أنه سيصبح على ما يرام.

مثل هذا، استمر الوقت.

ذات يوم قال لي ماهاديف عبر الهاتف: "لدي القليل من الرؤية في عيني اليسرى".

فوجئت وقلت بغضب: "ما هذا ؟ تشغل نفسك دائمًا بمقابلة متابعيك. لماذا لا تعتني بنفسك ؟" كنت قلقاً.

"لا تكن صديقًا غاضبًا. [NEUTRAL]: أبذل قصارى جهدي للسيطرة على مرض السكري. أذهب كل يوم لمدة يومين للمشي لمسافة ثلاثة كيلومترات. [NEUTRAL]: أتحكم في طعامي. من فضلك صل إلى الله، حتى أستعيد رؤيتي ". أجاب ماهاديف.

لتغيير الموضوع، قلت: "لا تقلق، ستصبح طبيعياً. منذ أن خططنا للذهاب إلى تايلاند لننظر إلى الجمال في ملابس السباحة ".

"نعم، أنت على حق. يجب أن أذهب معك ". قال ماهاديف بنبرة لهجته المعتادة.

قلت: "نعم، هذا هو الموقف الصحيح لنقل المحادثة إلى موضوع أخف. أنا أحب ذلك. أنت تعرف مدى الدقة التي خططت بها لكل شيء، وكيف ستثير إعجاب هؤلاء الفتيات بملابس السباحة. كيف سيصبحون أتباعك الفوريين وكيف سأنظر إليهم من مسافة قريبة ".

قال ماهاديف: "لماذا تفكر دائمًا في مزاياك فقط وتعمل دائمًا من أجلي".

قلت: "حسنًا، لا تقلق ؛ سأعطيك نسخًا من صور متابعيك لملابس السباحة".

قال ماهاديف: "حسنًا، سأعرض كل هذه الصور على زوجتك".

قلت له: "عظيم، ستكون مع هؤلاء الفتيات في كل الصور".

قال ماهاديف: "أوه! لم أفكر في ذلك. أنت على حق. سيتعين علي التفكير في شيء آخر. خلاف ذلك، ستقضي وقتًا ممتعًا، وسأعاقب. سيتعين علي التفكير في هذه النقطة ".

قلت: "حسنًا، لا تقلق، سأعطيك أيضًا نسخة من هذا الفيديو".
قال ماهاديف: "هذا يعني أنني سأضطر إلى مواجهة خطتك".

قلت: "جيد، إذن تعافى قريباً".

لقد انغمسنا دائمًا في محادثات عديمة الفائدة وعديمة الرأس ولا معنى لها عبر الهاتف مرة أو مرتين في الشهر. التقينا أيضًا مرة أو مرتين في السنة. كلما اتصل بي ماهاديف، تحدثنا عمومًا هكذا.

"مرحبًا، كيف حالك."

"تمامًا، حسنًا، لكنني كنت أشعر بالملل، لذلك اعتقدت أنه سيكون من المفيد سماع هرائك".

"إذن، تعتقد أنني دائمًا ما أنغمس في الحديث الذي لا معنى له." أود الاستفسار.

"أوه! حاول أن تفهم ؛ هرائك هو معطر مزاج بالنسبة لي. إنه يجدد شبابي. أنا أحب ذلك ". سيوضح ماهاديف.

"حسناً، أين أنت ؟" أود أن أسأل.
"أنا في باتنا". سيقول.
"جيد. أتمنى لك وقتًا ممتعًا،" أود أن أقول ضاحكًا.

"ماذا يعني ذلك ؟" كان يسأل.

"لا شيء، أنت مشغول بخداع متابعيك. يبقيه مستمراً ؟ استمتع بوقتك ". أود أن أقول.

"ما هو الوقت اللطيف فيه ؟" كان يسأل.

"اذهب في نزهة صباحية. ستبقين سعيدة ". أود أن أقول لمجرد القول.

"كيف ذلك ؟" هل سيسأل ؟

"تواصل اجتماعيًا واشغل نفسك. ومع ذلك، حتى نذهب إلى تايلاند، لا يمكنك قضاء وقت ممتع. في غضون ذلك، لماذا لا نضع خطة لرحلة جوا ؟ أود أن أقول. هناك أيضًا، يمكنني النظر إلى فتيات البكيني. مثل خطتنا السابقة، ستصبح بابا وتغري هؤلاء الأطفال

ليصبحوا أتباعك، وسأقوم بعملي. سيكون برنامجنا في تايلاند في جوا ".

"لا شيء آخر غير هذا يتبادر إلى ذهنك القذر." سيقول ماهاديف.

"ما هو القذر في ذلك ؟"

"لقد غضبت".

"لا، التحديق في الفتيات الجميلات هو عمل مذهل ومثير. أود أن أقول. لا يمكنك فهم الناقد. أوه! الكثير من الفتيات الجميلات اللذيذات. أوه! يا لها من متعة للمشاهدة ؛ على أي حال، قصة مجنون تتبادر إلى ذهني ".

"حسنًا إذن. قلها "، سأل ماهاديف.

"حسنًا، اسمعي إذن. كان هناك شخص مجنون في مستشفى للأمراض العقلية. سأله الطبيب ذات يوم: "كيف تشعر الآن ؟" بعد علاجه لبضعة أشهر، شعر الطبيب أنه أصبح طبيعياً.

أجاب المجنون: "أنا بخير تمامًا الآن".

"رائع، أعتقد أيضًا أنك بصحة جيدة الآن. حسنًا، أخبرني، هل تريد العودة إلى المنزل ؟" سأل الدكتور المجنون.

قال المجنون: "دكتور، أنا حريص على العودة إلى المنزل".

"رائع، أخبرني الآن ماذا تريد أن تفعل بعد العودة إلى المنزل ؟" سأل الطبيب.

أجاب المجنون: "سيدي، بعد العودة إلى المنزل، سأبدأ بعض الأعمال".

"رائع، أخبرني بعد ذلك ماذا ستفعل ؟" سأل الطبيب المجنون.

"بعد ذلك، سأتزوج. ثم سأذهب في شهر عسل ". قال المجنون بتردد.

"رائع، رائع بعد ذلك ؛ ماذا ستفعل ؟" كان الطبيب قادمًا إلى مشكلته الحقيقية.

قال المجنون: "عندما أذهب لقضاء شهر العسل، سأفتح حمالة صدر زوجتي. سأخرج المطاط من صدريتها. سأصنع مقلاعًا من ذلك المطاط لصيد الطيور والبدء في صيد الطيور، واحدة تلو الأخرى، ثم أخرى وأخرى..." صرخ بحماس.
اتصل الطبيب بالحارس وقال: "خذه".

ضحك مهاديف قائلاً: "لكن لماذا تأتي النساء دائمًا في قصصك".

"لأنك ترغب في سماع مثل هذه القصص مني. أليس هذا صحيحًا ؟" سألته.

أجاب: "نعم".

كلما التقينا، في معظم الأحيان، كنا نتحدث بالقمامة. تحدثنا بالقمامة عبر الهاتف. نادرًا ما ناقشنا موضوعات جادة، ولكن عندما فعلنا ذلك، لم يكن ذلك يعني أننا سنأخذ نصيحة بعضنا البعض على محمل الجد. كان قرارنا بشأن أي مشكلة هو قرارنا، لكن مناقشتنا كانت هي الإرشادات للتوصل إلى قرار نهائي.

ذات مرة، بسبب بعض الارتباطات الشخصية، لم يتصل ماهاديف ولا أنا ببعضنا البعض لمدة شهرين، بعد شهرين عندما اتصلت به. تم إيقاف أرقامه، باستثناء رقم واحد. لم يكن يحضر المكالمة. في الحلقة الثامنة، رفع ابنه بدال الهاتف. قال: "ناماستي، عمي".

"ناماستي ؛ كيف حالك يا بدال ؟" سألت ابن ماهاديف.

أجاب بدال: "أنا بخير يا عمي".

قلت: "عظيم، أعط الهاتف لوالدك".

بدأ بادال، ابن ماهاديف، في البكاء. سألت، "لماذا تبكين ؟ ما الأمر ؟ هل أخبرك ماهاديف بشيء ؟"

اعتقدت أن ماهاديف أخبره شيئًا، لأنه كان يبكي. لكنه استمر في البكاء. في الماضي، حدثت مثل هذه الأشياء عدة مرات. قلت، "بدال، لا تبكي وأعط الهاتف لوالدك."

"عمي، بابا لم يعد موجوداً". قال هذا وهو يبكي.

لقد صدمتني. لم أستطع تصديق ذلك وسألته: " متى حدث ذلك ؟"

"عمّي، تركنا أبي قبل يومين. عاد بابا من كلكتا بعد العلاج. كان يقول إنه سيذهب إلى سوبول ليفاجئك. ولكن قبل ثلاثة أيام، كان يعاني من ألم في الصدر. أعطاه الطبيب بعض الأدوية. كان ينام جيداً. أراد أن يتحدث إليك لكنه كان يعاني من ألم في الصدر عندما استيقظ. اتصلت بالطبيب مرة أخرى. أعطاه بعض الأدوية. أصر مرة أخرى على أنه يرغب في التحدث معك. أخبره الطبيب أنه يجب أن يحاول النوم ؛ عندما يستيقظ، قد يتحدث إلى صديقه بقدر ما يحلو له. وأعطاه الطبيب حقنة أيضًا. عندما غادر الطبيب، قال لي، انظر، عندما أستيقظ، ستوصلني إلى صديقي عبر الهاتف. سترى مدى السرعة التي سأتعافى بها، لكنه لم يستطع الاستيقاظ ". بدأ بدال في البكاء مرة أخرى.

على الرغم من أنني قمت بمواساة بدال، إلا أنني فكرت في مدى نموذجية حياة اللعبة مع الجميع. كم هو سهل كسر أجساد البشر. لا شيء يمكن أن يكون أكثر خيانة من الحياة. عندما يسكر الفرد من الحياة، وينسى كل شيء، ويركض وراء ملذات الحياة، ويرتدي كأسًا ملونًا من الإنجازات والنجاح والفشل، فإن الحياة تتخلص منه فجأة. لا يجد طريقة ويعني الوقوف مرة أخرى. حتى الأعلام الخضراء والحمراء التي اعتمد عليها ماهاديف طوال حياته لم تستطع مساعدته. إنها طريقة الله، وهو لا يعرف سوى تحركاته.

إنه لغز الحياة.

بطولة تنس الريشة

أحاول أن أتذكر ما إذا كانوا قد نظموا بطولة تنس الريشة في منطقة بتول في مجمع كلية بتول أو في مركز نهرو. ومع ذلك، أتذكر ذهابي من باثاخيرا، سارني، ماديا براديش، لأول مرة للمشاركة في هذه البطولة.

لم يكن هناك ملعب داخلي في بلدة بتول. تم إجراء ترتيب مؤقت من خلال إرفاق ملعب تنس الريشة وترتيبات الجلوس. على جانب واحد، كان هناك منصة مع توفير الجلوس للأشخاص المهمين تحت شاميانا (خيمة). كان ارتفاع العلبة حوالي اثني عشر قدمًا. بالنسبة للدخول والخروج، كانت هناك بوابتان مغطيتان. داخل العلبة كان هناك ترتيب جلوس منفصل للاعبين وترتيب جلوس مناسب لحكم المباراة.

تقع مدينة بتول على بعد حوالي ستين كيلومتراً من باثاخيرا، حيث كنت مساعد مدير منجم الفحم. عندما ذهبت إلى المبنى، كان العلبة مليئة بالناس. في ملعب تنس الريشة، كان لاعبان شابان يرتديان ملابس أنيقة يتدربان. كانت أيديهم وعصابات رؤوسهم من خطوط زرقاء وبيضاء اللون، وكانت جواربهم وحزامهم من نفس الخطوط الملونة. كانوا يرتدون نصف بنطال أبيض وقميص أبيض. بدوا مذهلين ومليئين بالحيوية والحيوية.

جلست مع لاعبين آخرين. جاء شخص وسأل، "هل أنت من باثاخيرا؟"

قلت: "نعم، أنا من باثاخيرا".

"هل ترغب في الحصول على كوب من الشاي ؟" سأل.

قلت: "لا شكراً".

بعد بضع دقائق، كان هناك إعلان على مكبر الصوت، "أطلب من لاعب من باثاخيرا، الذي جاء للمشاركة في هذه البطولة، أن يكون في الملعب لمباراة".

أدهشني هذا الإعلان، لكنني ذهبت إلى المحكمة. من بين اللاعبين، خرج لاعب واحد. وقفت في مكانه. في اللحظة التي وقفت فيها في الملعب، بدأت موجة من الصراخ. فكرت، لماذا يصرخون علي ؟ لم ألعب هنا من قبل. اعتقدت أنها يجب أن تكون طريقتهم في الترحيب بلاعب جديد. تدربت مع اللاعب الذي يقف على الجانب الآخر من الملعب. قام الحكم بالرمي. فزت بالرمية، وسألني الحكم، "خدمة أم جانب ؟"

قلت: "جانبًا".

"أي واحد ؟" سأل الحكم مرة أخرى.

قلت: "إلى جانب مكاني".

جلس الحكم على كرسيه. بدأ الإعلان على مكبر الصوت، "أصدقائي، ستبدأ بطولة تنس الريشة لهذا العام الآن. من هو المألوف لنا ؟ جانب واحد هو بطلنا على مدى السنوات الثلاث الماضية، نيلام تيتد، طالب بكالوريوس (مع مرتبة الشرف) في كلية بتول.

بعد سماع هذا الإعلان، بدأت موجة من التصفيق. عندما هدأت، استمر الإعلان الإضافي فقط، "وجانب آخر هو مهندس تنفيذي من باثاخيرا. من جاء للمشاركة في هذه البطولة ؟"

بعد سماع هذا الإعلان، امتلأ المحيط بالصفير والصراخ. دخل عدد قليل من الفتيان والفتيات إلى الملعب، ورقصوا، وصفروا حولي. عندما غادر هؤلاء الراقصون الملعب، بدأت المباراة. في كل نقطة سجلها نيلام تيتد، رقص هؤلاء الراقصون حولي وصاحوا في وجهي. في كل نقطة اكتسبتها، ساد صمت مميت في كل مكان، وفي ذلك الصمت، صاح أحدهم، "لا تقلق، يجب أن يحصل الخصم أيضًا على فرصة". وهكذا، انتقلت اللعبة.

في ظل هذه الظروف، انتهت اللعبة. خسر نيلام تيتد المباراة. انتشر صمت إسقاط الدبوس في كل مكان. نظر إلي هؤلاء الراقصون والبناؤون بكراهية وغضب كما لو كنت قد ارتكبت جريمة. غادرت الملعب وجلست مع اللاعبين الآخرين.

بعد حوالي ساعة، أعلنوا عن مباراة مهمة، "الأصدقاء، الآن ستبدأ المباراة بين الوصيف ثلاث مرات راجيش أواستي وراميش فيرما من بازار بتول.

فجأة، امتلأت الكتلة الميتة بالحياة. صفقوا. بدأ لاعبان في التدرب. على جانب واحد كان هناك حوالي ستة أقدام من لاعب اليد اليسرى، بينما على الجانب الآخر كان هناك لاعب اليد اليمنى من نفس الارتفاع.

كان هناك إعلان "لاعب بازار بتول قد مشى إلى راجيش أواستي، وبالتالي الآن ستكون هناك مباراة بين راجيش ولاعب من باثاخيرا. أطلب من لاعب من باثاخيرا الحضور إلى الملعب ".

ذهبت إلى المحكمة، ومرة أخرى صرخوا في وجهي. مرة أخرى، رقص عدد قليل من الفتيان والفتيات حولي. عندما توقفت الضجة، بدأت المباراة. كان راجيش غاضبًا، لذلك لم يستطع اللعب بشكل صحيح. تم اتهامه كما لو أن مباراة المصارعة ستبدأ أكثر من مباراة تنس الريشة. ربما فكر، ليكن هناك إعلان عن مباراة مصارعة، وسيقوم برفعي ورميي على الأرض بكل قوته.

وكمؤشر على غضبه، كسر مضربيه بضرب الشبكة. ربما اعتقد أنه سيكون فرحة كبيرة له إذا ضرب مضربه رأسي بدلاً من الشبكة. كلفته هذه المزاجية مباراته، التي خسرها.

خرج نيلام تيتد بعد أن خسر مباراته وعاد إلي، "هل ترغب في تناول كوب من الشاي معنا."

"لم لا ؟ أجبت: "سيكون من دواعي سروري"، وغادرنا الضميمة.

انضم إلينا أيضًا أصدقاؤه الذين كانوا يرقصون حولي في الملعب. عرّفني عليهم. كانوا طلابًا في السنة الأخيرة من البكالوريوس في كلية بتول.

ذهبنا إلى أحد الفنادق على جانب الطريق بالقرب من بتول بازار. كان لدينا شاي ووجبات خفيفة. اختفت مشاعرهم السيئة تجاهي.

أصبحنا أصدقاء جيدين. كانت هذه اللفتة من نيلام تيتد علامة على لاعب جيد وعلى كونه إنسانًا جيدًا.

الفوز والخسارة هما جزء من اللعبة. يجب أن تغرس الخسارة دائمًا العزم على الوقوف والرد بمزيد من الحيوية والقوة. يعلمنا الفوز دائمًا أن نكون شرفاء ونفرح بضبط النفس. كما أنه يلهمنا للعمل بجد. يساعدنا النصر والخسارة في اللعبة على فهم طرق الحياة. بعد كل فوز، هناك فرصة للخسارة في المستقبل. الخسارة يجب أن تملأ قلوبنا بالرغبة في الفوز والاعتقاد بأن الفوز ليس مستحيلاً. يجب ألا يترك المرء الأمل أبدًا ولا يشعر بالإحباط وخيبة الأمل. لا ينبغي لأحد أن يتوقف عن الضحك. يجب أن يسعى الجميع دائمًا للمضي قدمًا في الحياة. بعد كل شيء، الحياة لعبة. يجب على الجميع أن يلعبها بشكل عادل بقوة وحيوية وتصميم على النجاح.

مستشفى بادهار

خلال بطولة تنس الريشة في منطقة بتول، قابلت أطباء مستشفى بادهار. إنه مستشفى إرسالي على طريق ناغبور بوبال السريع. تقع على بعد عشرين كيلومتراً من بلدة بتول باتجاه بوبال.

هذا المستشفى هو فخر منطقة بتول. يشتهر هذا المستشفى بجراحة العظام. النجم السينمائي سونيل دوت يصنع جناحًا لعلاج السرطان. كان الدكتور أنصاري متخصصًا في الأطفال، وكان الدكتور سولومون جراح عظام، وكان الدكتور موهان بابرو طبيب أسنان مشهورًا. كان الدكتور تشودري مدير مستشفى بادهار. كان شخصًا بسيطًا ولطيف الكلام. كان جراح قلب ومدير كلية الطب المسيحية، شانديغار.

كان أطباء مستشفى البعثة ذوي طبيعة جيدة ومكرسين للخدمات الإنسانية. كان لدى الدكتور سولومون شغف بلعب تنس الريشة. كان شخصًا مشهورًا في منطقة بتول، لكنه فضل دائمًا الجلوس مع اللاعبين. أحب الدكتور موهان بابرو تنس الريشة وشوهد مع الدكتور سولومون في البطولات. كان الدكتور سولومون شخصًا نحيفًا وذو لحية فرنسية. كان لدى الدكتور موهان بابرو بناء من نوع المصارع مع شارب كبير. كان أسلوبه في لعب اللعبة مسلياً. أثناء اللعب، كان يتحدث باستمرار. لم يلعب أبدًا للفوز بمباراة ؛ وبدلاً من ذلك، لعب من أجل المتعة.

كلما كسب نقطة، قال على الفور لخصمه، "هل رأيت يد ثاكور (المالك)". إذا أعاد الخصم تسديدته، سيقول على الفور، "فظيع، يجب أن تعطي فرصة لخصمك ؛ إنها لعبة كريهة. ما كان يجب أن

تفعل هذا ". لطالما جعل الدكتور موهان بابرو الأجواء مضحكة. أبقى ذنبه المستمر في خصمه الجميع في حالة فكاهة جيدة كلما لعب.

ذات مرة، أخذت زوجتي إلى مستشفى بادهار لتلقي العلاج. كان الأطباء على وشك العودة بعد الغداء. سنبقى في انتظار الدكتور سولومون. كان المرضى يجلسون خارج غرفة الطبيب. عندما جاء الدكتور تشودري، رآني وسألني، "ما الأمر ؟"

"لقد جئت لعلاج زوجتي. لديها مشكلة في عينيها وألم بسيط في معصمها الأيمن. "قلت له بعد التحيات المعتادة.

كنا نقف في قاعة الانتظار. أعرب جميع الموظفين عن احترامهم بالوقوف كما رأوه. فحص الدكتور شودري معصم زوجتي واتصل بممرضة لإحضار مشعل لفحص العين. أحضرت ممرضة المصباح. لاحظ عينها وأخبر شخصًا عند منضدة الدواء أن يعطيها قطرة عين. قال لزوجتي: "لا يوجد ما يدعو للقلق. استخدم قطرة العين هذه مرتين في اليوم ؛ ستصبح مشكلة عينك على ما يرام، وقم بتدوير معصمك في اتجاه عقارب الساعة وعكس اتجاه عقارب الساعة ثلاث أو أربع مرات يوميًا. سيختفي ألم معصمك. هذا كل شيء ".

ثم قال لي: "في بعض الأحيان. سيكون من الأفضل لو ذهبت إلى المسرح لمشاهدة فيلم مع زوجتك. اذهب وشاهد فيلمًا. لا توجد مشكلة ". وذهب إلى غرفته.

تزوجنا لمدة شهر، واعتقدت زوجتي أن الطبيب المبتدئ فحصها، ولكن عندما أخبرتها عن الدكتور تشودري، اندهشت.

الناس على دراية جيدة ومهارة في مهنتهم هم دائما مثل الطفل في سلوكهم، نقية وبسيطة، ودية، وبعيدة عن الفخر والأحكام المسبقة. إنهم لا يحملون أبدًا الأنا أو الوصمة ؛ لديهم قلوب بسيطة ورعاية. الفائزون دائمًا هكذا. ربما يعرفون عن الفرح الداخلي فينا.

الفرح في داخلنا

في الواقع، ما نبحث عنه في كل شيء هو الفرح والنشوة. لكن النشوة في داخلنا. نحن لا نبحث عن ذلك في قلوبنا.

يمكن لبعض التعاليم الأساسية أن تغير إلى الأبد الطريقة التي نرى بها العالم. "الفرح في داخلنا" هو واحد منهم.

من الممكن أن نشعر بالسعادة بغض النظر عن الطريقة التي يعاملنا بها العالم، أو مدى بؤس حياتنا، أو ما إذا كان جميع أصدقائنا أكثر نجاحًا. يمكننا أن نكون راضين حتى عندما نفشل في شيء ما أو نكون مرضى.

إن فهمنا لـ "الفرح في داخلنا" أمر بالغ الأهمية. إذا لم نفهمها بعمق، فمن المحتمل أن نخلط بين المشاعر الجيدة السطحية والفرح. قد نربط سعادتنا أيضًا بالظروف التي أدت إلى ذلك، مثل تلك الأمسية مع الأصدقاء، أو اللحظات الرومانسية في عطلة نهاية الأسبوع مع شريكنا، أو حتى الوقت الذي نقضيه في الركض أو اللعب.

بمجرد الإدمان على هذه الأفعال، يبدو الأشخاص أو المواقف وكأنها وقت سعيد يبقينا في حالة "جيدة" طوال الوقت.

إذن، ما هي السعادة الداخلية، وكيف يمكننا تحقيقها ؟

في اللغة السنسكريتية، هناك أربع كلمات للسعادة.

سوخة (متعة الأسطول)، وسانتوسا (الرضا)، وموديتا (السعادة الروحية)، وأناندا (بليس)

كل نقطة إلى مستوى مختلف من السعادة. معًا، يشكلون طريقًا يقودنا إلى الفرح الذي لا يمكن زعزعته.

Sukha (Fleeting Pleasure)

السعادة التي تأتي من التجارب الممتعة هي السخنة، والتي تعني السهولة أو المتعة أو الراحة، وبكلمات بسيطة، المتعة.

السخنة هي السعادة التي نشعر بها عندما نكون داخل منطقة راحتنا. كل حالة تعتمد على الأشياء التي تسير في طريقنا يمكن أن تختفي في غمضة عين.

ترتبط السخنة ارتباطًا وثيقًا بعكسها: الدوخة، أو "المعاناة".

هذا الانقسام بين الألم والمتعة هو واحد من Dvandvas الأساسية (الصراعات)، أزواج من الأضداد التي تصيب حياتنا طالما أننا نعيش في الشعور بالانفصال عن الآخرين والعالم. مثل الساخنة والباردة، والولادة والموت، والثناء واللوم، تتبع السخنة (المتعة) والدوخة (المعاناة) حتماً بعضهما البعض لأنه عندما تعتمد رفاهيتنا على الظروف الخارجية، فإنها ستأتي وتذهب دائمًا. لاحظ بوذا هذه المشكلة، مما دفعه إلى صياغة الحقيقة النبيلة الأولى.

سانتوسا (الرضا)

الترياق اليوغي البسيط لمشكلة المطاردة التي لا نهاية لها بعد سراب المتعة الدائمة هو الانتقال إلى المستوى التالي وزراعة سانتوسا (الرضا)

https://www.yogajournal.com/wisdom/462 ممارسة سانتوسا أمر ضروري لأنها أسرع طريقة لتقليل الإثارة من الإحباط وعدم الراحة والرغبة غير المرضية.

سانتوسا على ما يرام مع ما لدينا، وتقبل ما نحن عليه، دون الحاجة إلى أي شيء إضافي ليجعلنا سعداء. سانتوسا ليس لديه الرغبة في أي شيء آخر غير ما نحتاجه. وبالتالي، لا يمكننا تحقيق الرضا الحقيقي إلا عندما نتخلى عن السعي وراء ما هو بعيد المنال، ونتوقف عن توقع المزيد من الحياة مما يمكن أن تقدمه لنا، ونتخلى عن الأنماط العقلية التي تدمر رضانا، مثل مقارنة مهاراتنا وشخصيتنا وممتلكاتنا وإنجازاتنا الداخلية مع الأشخاص المحيطين بنا.

Mudita (السعادة الروحية)

ممارسة سانتوسا تهدئ العقل ؛ هناك فرصة جيدة لأن يتسلل المستوى التالي من السعادة، موديتا (السعادة الروحية).

موديتا، في أنقى أشكالها، هي الفرح الذي يأتي من العدم، مثل رسالة من أنفسنا العميقة، والتي يمكن أن تغير حالتنا على الفور. إنه يثير مشاعر مثل الامتنان والتمجيد والاتزان والقدرة على رؤية الجمال حتى في الأشياء التي نادراً ما نجدها جميلة.

يمكن تنمية موديتا، وتهدف الكثير من الممارسة الروحية إلى توليد هذا البهجة.

أناندا (النعيم)

عندما يتعمق موديتا، ويصبح مجال خبرتنا بالكامل، نجد أنفسنا على اتصال مع أعمق مستوى من الفرح: أناندا (بليس)، ولكن في الواقع، النعيم أمر عادي للغاية للتعبير عن ماهية أناندا.

أناندا هي القوة الإلهية في شكل السعادة. عندما يلمسها شخص ما، يعرف أنه لمس أعمق مستوى من الواقع. أناندا هي نشوة، نشوة، فرحة تأتي من أعماق الكون وتربطنا على الفور باتساع كائن نقي.

وفقًا للكتاب المقدس، أناندا في انسجام مع الله. يمكن العثور على نفس ارتباط الفرح بالتجربة الإلهية في الشعر الصوفي، وفي الكابالا، وفي كتابات الصوفيين المسيحيين.

الفرح مثل الفراشة التي تأتي وتجلس على أيدينا ولكن لا يمكن الإمساك بها أو الإمساك بها. بدلاً من ذلك، تساعد ممارسة اللطف المحب، وتذكر أن تكون ممتنًا للذات والآخرين لكل نعمة صغيرة

وحتى للصعوبات، والتخلي عن الضغائن بوعي، على إزاحة الحمأة التي تتراكم حول القلب وتبقي الفرح بعيدًا.

شمال تشانداميتا

رأيت وجهًا مختلفًا للحياة في منجم شمال تشانداميتا، مما حطم إيماني بالإنسانية. أشعر بالفقر والنضال من أجل ضرورات الحياة يجبر الفرد على قمع ضميره.

الفقر هو أكبر جريمة. لا يوجد قانون لذلك، بينما يجب أن يكون هناك قانون. إنه مرض مميت بسببه يستخدم إنسان إنسانًا آخر ضد إرادته، مثل الحيوانات المستأنسة، لجوعه وضرورياته. يجبره على القيام بكل هذه الأعمال التي لم يكن ليفعلها بنفسه، والتي يسميها هذا المجتمع المتحضر الرهيب والأسوأ واللاإنساني وغير الأخلاقي وما إلى ذلك. لا يمكن للإنسان أن يكون جيدًا أو سيئًا لمجرد فنه في الخطابة الواضحة والملابس العصرية والمكلفة وإظهار مشاعره الإنسانية، ولكن في هذه الأيام، هذه هي السمات الوحيدة الأكثر أهمية.

قليل من الناس يتظاهرون بخدمة البشر والإنسانية لاستخدامهم وضروراتهم. لقد كان هو نفسه لعدة قرون وسيبقى كما هو إلى الأبد. عندما كان الناس يشترون ويبيعون الناس، لم يشعروا أبدًا بالذنب على أفعالهم اللاإنسانية، ولم يشعروا بالندم على أفعالهم. حتى اليوم، باسم الديمقراطية، يقسمون الناس على أساس الطائفة والعقيدة والدين لتحقيق مكاسب سياسية. يمكن للمرء أن يرى الناس بهذه الأفكار بألوان وفساتين مختلفة في كل مجتمع.

لا يهمهم ما إذا كان خبزهم وزبدهم مليئين بدماء الأبرياء. في هذه الأيام، أصبح العديد من الناس متاحين بسهولة لبيع طرق تنظيف هذه الأرغفة الملطخة بالدماء من الخبز والزبدة. بالنسبة لقطعة من هذا الخبز، فإن الشخص الذي يسمي نفسه فنانًا يبيع ضميره. إذا كان لدى شخص ما معرفة ممتازة بالقانون، فإنه يتنازل عن مثل هذه القطعة

من الخبز بحجة أخلاقياته المهنية. يستمتع شخص ما بقطعة الخبز هذه باسم الدين. قلة من الصحفيين يصورون أنفسهم على أنهم المعلم المطلق للتاريخ والعلوم الاجتماعية لتناول قطعة الخبز هذه بفخر وكرامة.

يتحدث البشر عن تحسين الإنسانية ولكنهم يحافظون على سلوكهم الاستبدادي على قيد الحياة (الذي يتحدثون ضده بشكل سيء) ويظهرون كفاحهم من أجل مثل هذه المظالم. يمجد السياسيون الشخصية لغرضهم السياسي. يقول السياسيون دائمًا: "إن الجمهور هو الذي يساعدنا على الفوز. أنا موظف عام".

رأيت مثل هذا الموظف العام المخلص في شمال تشانداميتا.

كان لدى منجم شمال تشانداميتا حفرتان. كان مكتب الحفرة بالقرب من العمود، حيث نزل العمال والموظفون والضباط للعمل. بجانب مكتب PIT كانت هناك غرفة حضور حيث كان الجميع يضعون علامة على حضورهم قبل الذهاب إلى العمل. استخدم ضباط المناوبة العامة مكتب الحفرة في المناوبة الصباحية. بدأ التحول العام في الساعة الثامنة صباحًا. كان أحد جدران مكتب الحفرة ومكتب الحضور شائعًا. كان لدى مكتب الحفرة نظارات كبيرة على كل جدار لإبقاء العين حول منطقة العمل. كان هناك مساحة بالقرب من مكتب الحفرة، وعلى الجانب الشرقي من هذه المساحة، كان هناك طريق يمتد من الشمال إلى الجنوب. كانت هناك ورشة عمل على الجانب السلبي من الطريق. كانت غرفة مصباح الغطاء بجوار ورشة العمل. كان الجميع ينزلون إلى الحفرة ويأخذون مصباح الغطاء الخاص به من الغرفة.

قام نظام الرمز المميز بفحص الأشخاص الذين ينزلون إلى الحفرة ويخرجون. تم تخصيص رقم مصباح CAP للعمال والموظفين والضباط للتحقق من الوجود تحت الأرض.

عملت مناوبتي في ثلاث نوبات مدة كل منها ثماني ساعات.

كان هناك طريق يسير نحو حفرة العادم بجانب الورشة.

يستخدم المتجر لتلبية متطلبات قطع الغيار اليومية للمنجم. كان المتجر أسفل الطريق بين الشمال والجنوب مباشرة إلى بيت المروحة على الجانب الشمالي. في نفس الصف بجوار المتجر كان هناك متجر جمعية تعاونية، ثم كانت هناك حديقة صغيرة مسيجة. كان مكتب المدير بجوار الحديقة. تم إرفاق قسم الفاتورة بمكتب المدير، ثم كان هناك قسم شؤون الموظفين، والمقصف، ومساعد المدير، ومسؤول السلامة، ومكتب مسؤول التهوية على التوالي.

كان مكتب مهندس المناجم في أحد أركان ورشة العمل. كان مكتب الموظفين على الجانب الجنوبي من المساحة على الجانب العلوي من الطريق بين الشمال والجنوب.

كان المكتب الجانبي أمام المقصف، على الجانب الغربي من الطريق. كان هناك قلاب بالقرب من المكتب الجانبي. أفرغ تيبلر أحواض الفحم المحملة من الحفرة في شاحنة قلابة. قامت شاحنة قلابة بتفريغ الفحم على جانب السكك الحديدية. وضع المسؤول في مكتبه علامة على حضور لودر العربات. حملت رافعات العربات الفحم في عربات السكك الحديدية. كانت نسبة سبعين إلى ثمانين في المائة من رافعات العربات من النساء.

كانت رافعات العربات فقيرة للغاية. كانت ظروف النساء بينهم مثيرة للشفقة. في مجتمعهم، يمكن للرجل أن يترك زوجته وأطفاله ويحصل على زوجة جديدة كلما رغب في ذلك. لم يعتبر خطأ. كانت سائدة في مجتمعهم. كانت مسألة عادية بالنسبة لهم. كان الشرب والقمار أمرًا شائعًا في مجتمعهم، وبسبب هذه العادات، كان معظمهم مدينين من مقرضي الأموال الخاصين. كان الجوع والفقر مصيرهم ؛ كانوا سعداء وخاليين من الهموم على الرغم من ذلك.

بعد الانتهاء من شهادتي في الهندسة، انضممت إلى منجم شمال تشانداميتا كمتدرب تنفيذي. كان منجمًا صغيرًا تحت الأرض ينتج عشرة آلاف طن من الفحم شهريًا، محملاً بالكاد بثلاثة إلى أربعة أرفف من مجموعات عربات السكك الحديدية في شهر واحد. بصرف النظر عن مدير المنجم، كان السيد جاين مساعد المدير، وكان السيد صابروال ضابط سلامة، وكان السيد خورانا ضابط التهوية. كان هناك موظف عمالي، وكنت متدربًا تنفيذيًا.

في أحد الأيام الجميلة، في حوالي الساعة الثامنة صباحًا، وقف رجل ذو بشرة قمحية، جيد البناء، من نوع المصارع، متوسط الارتفاع، يرتدي الدوتي والكورتا عند بوابة مكتب الحفرة وسأل، "من هو جاين هنا ؟"

قال السيد جاين: "أنا جاين".

"إذن، أنت جاين". زأر شخص يرتدي ملابس دوتي كورتا.

تجمع العمال خارج مكتب الحفرة في الفراغ المفتوح وصرخوا: "Inqilab، Zindabad. بهارات ماتا كي جاي ".

قال شخص يرتدي ملابس دوتي كورتا للعمال أن يلتزموا الصمت، ثم قال للسيد جاين: "ما رأيك في نفسك ؟ بطل ؟ سأدفنك حياً هنا، الآن فقط. لن يأتي أحد لإنقاذك. كيف تجرؤ على إساءة معاملة عمالنا ".

بعد سماع هذه الكلمات من شخص يرتدي ملابس دوتي كورتا، صرخ تجمع من العمال، "إنقليب، زندباد، جاين، مورد أباد (داون)، مورد أباد. بهارات ماتا كي جاي ".

مع كل تهديد للسيد جاين من قبل رجل مصارع من نوع دوتي كورتا، صاح تجمع من العمال في جنون، " جاين، مورد أباد (أسفل)، مورد أباد (أسفل)".

بعد تهديد السيد جاين، خاطب شخص يرتدي ملابس دوتي كورتا تجمع العمال "إخواني الأعزاء، لقد أخبرت جاين بكل شيء. بعد ذلك، إذا أزعج أيًا من أخي العامل، أعدك أنني لن أرحمه. إنه تحذير للضباط الآخرين أيضًا ".

كان العمال يصرخون بجنون كامل الآن، "Inqilab، Zindabad".

رأيت مثل هذا المشهد لأول مرة في حياتي. شعرت بالدهشة والصدمة.

همس السيد صبروال: "دعنا نخرج من هذا المكتب".

اعتقدت أن الشخص الذي يرتدي ملابس دوتي كورتا لن يسمح لنا بمغادرة المكتب، لكننا خرجنا. لم يحاول أحد إيقافنا. ذهبنا إلى مكتب المدير. أبلغ السيد صابروال المدير بالحادث الذي وقع في مكتب الحفرة. سمع ذلك لكنه ظل مشغولاً بأوراقه.

كلانا جلس هناك. بعد حوالي خمس عشرة دقيقة، دخل السيد جاين مكتب المدير محمر الوجه وجلس. رآه المدير للتو وأصبح مشغولاً مرة أخرى بأوراقه. بعد حوالي عشر دقائق من دخول السيد جاين إلى المكتب، دخل شخص يرتدي ملابس دوتي كورتا إلى مكتب المدير. اعتقدت أنه سيخلق مشهدًا هنا، لكنني لم أر أي شيء يحدث. اقترب من السيد جاين وجلس بالقرب منه. رآهم المدير وظل مشغولاً بعمله. اعتذر شخص يرتدي ملابس دوتي كورتا للسيد جاين. قال: "سيد جاين، أنا آسف على كل ما قلته لك في مكتب الحفر."

لم ينطق السيد جاين بكلمة واحدة. ظل شخص يرتدي ملابس دوتي كورتا يكرر كلماته. التزم السيد جاين الصمت. ثم قال الشخص الذي يرتدي ملابس دوتي كورتا للمدير، "سيدي، من فضلك، اجعله يفهم. إنه غاضب مني ".

توقف المدير عن عمله وأخبر ضابط العمل بشيء، ثم قال للسيد جاين: "مهما حدث اليوم في مكتب الحفر، فقد أبلغني مسبقًا. حاولت إبلاغك، لكن هاتفك كان مشغولاً. في وقت لاحق ذهبت إلى مكتب الحفرة، لكنني رأيت سيارته، لذلك عدت إلى مكتبي. كل هذه الأمور بسبب رئيس عمال البناء. ارتح، سيخبرك."

بعد سماع هذا، بدا السيد جاين مسترخياً. ظهر على وجهه.

أمسك شخص يرتدي ملابس دوتي كورتا بيد السيد جاين وقال: "أنا لست مخطئًا. لقد أبلغت السيد مسبقًا. الآن آمل أنك لم تعد مستاءً مني ".

لم يكن السيد جاين مرتاحًا بعد لكنه قال: "حسنًا، لا بأس".

تابع شخص يرتدي ملابس دوتي كورتا، "سيد جاين، رئيسك البناء دينيش لال غير راض عنك. لقد أصبحت قاسيًا معه. كان يشكو باستمرار من هذا في مكتبنا النقابي. نظرًا لأنه وقت العضوية النقابية، فقد اتخذت هذه الخطوة. أنا متأكد من أن أعضائنا سوف يكبرون. ستوافق على أنه إذا تمت معالجة المشاعر السيئة للعمال، فإنها تعمل بشكل أفضل، ويظل خوف الإدارة سليماً. الآن يمكنك أن تأخذ العمل منهم بطريقة أفضل بكثير. ثمانين في المئة من العمال هم أعضاء في نقابتنا في هذا المنجم. لهذا السبب اتخذت مثل هذه الخطوات، ولكن يرجى نسيان ما حدث اليوم ".

قال السيد جاين، "لا بأس."

بدا مرتاحًا الآن. في غضون ذلك، تم تقديم الشاي. احتسى الجميع الشاي. بعد تناول الشاي، والنظر إلي، سأل شخص يرتدي ملابس دوتي كورتا المدير، أرى ضابطًا جديدًا في فريقك ".

أخبره المدير عني. تبادل الجميع بعض الحكايات الخفيفة ثم ذهبوا إلى عملهم. لم يكن هناك المزيد من النقاش حول حادثة الصباح. استمر العمل كالمعتاد.

بعد عشرين يومًا، قامت رافعات العربات بإضراب عشوائي (إضراب دون سابق إنذار). قام الجانب المسؤول بإبلاغ السيد صبروال بذلك. كان يعتني بالعمل الجانبي. بعد تلقي المعلومات، طلب مني أن آتي معه. ذهبنا إلى الجانب.

عندما اقتربنا من الانحياز، رأينا باندالًا صغيرًا (خيمة) مع لافتة نقابية عمالية متحيزة. كان معظم النساء، وعدد قليل من رافعات العربات الخاصة بالرجال يجلسون تحت الباندال. عندما رأوا السيد صابروال، صاحوا: "إنقليب، زندباد". ذهبنا إلى المكتب الجانبي. طلب السيد صابروال من الجانب المسؤول الاتصال بقائد لودر العربة للتحدث.

جاءت امرأتان وقفتا إلى جانب المسؤول. كانت كلتا المرأتين نحيفتين ونحيفتين وذات بشرة ناعمة. تم تزييت شعرهم وتمشيطه. كان لديهم علامة قرمزية مستديرة كبيرة على جبهتهم وفي منتصف شعرهم. كانوا يرتدون الساري النظيف وأحمر الشفاه الأحمر الداكن وكانوا يرتدون ملابس أنيقة على عكس ملابس العمل اليومية.

كان السيد صابروال شخصًا لطيفًا وحنونًا. احترمه معظم العمال. نادراً ما تحدث إليه أي شخص بنبرة عالية ؛ قلة من الناس نفوا تعليماته. طلب من هاتين المرأتين الجلوس ثم التحدث. قالوا: "لا يا سيدي، لا يمكننا الجلوس أمامك."

سألهم: "ما هي مشكلتك ؟ لماذا أنت في إضراب ؟"

"الانحياز إلى جانب المسؤول سيخبرك بالسبب. من فضلك اسأله ". تحدثوا في انسجام تام.

سأل وهو ينزلق مسؤولا: "ما الأمر ؟ لماذا هم مضربون ؟"

قال المسؤول، "سيدي، جاءت امرأة جديدة إلى العمل. إنهم غير راضين عن ذلك. إنهم لا يريدون لها أن تعمل معهم ".

"إذن لا تسمح لها بالعمل. ما هي المشكلة ؟" قال السيد صابروال.

"لكن زوجها كان يعمل هنا يا سيدي". قال الوقوف إلى جانب المسؤول.

"إذن، تريد العمل في منزل زوجها ؟" سأل السيد صبروال.

كانت هاتان المرأتان تراقبان السيد صابروال بصمت بينما كان يجمع معلومات عن تلك المرأة من الجهة المسؤولة.

"نعم يا سيدي. كان زوجها يعمل هنا. لقد توفي قبل بضعة أيام ". قال انحياز المسؤول.

"أوه! إذن، هذه هي المشكلة ". قال.

ثم حاول أن يشرح لهاتين المرأتين، "بعد كل شيء، هي أرملة. ما هي مشكلتك ؟ فكر في الأمر إذا سمحت لها بالعمل معك. سيكون من المفيد لامرأة فقيرة. إنها مسألة وقت ؛ وستحصل على خطاب موعدها ".

"سيدي، أنت لا تعرفها. إنها امرأة فظيعة. لقد قضت على حياة زوجها. إذا عملت معنا، فإنها ستأخذ حياة زوجنا أيضًا ". قال أحدهم.

"لا تذهب على وجهها المغفل. إنها ساحرة ". قالت المرأة الثانية.

سأل السيد صابروال: "إذن، ما هو الحل".

"امنعها من العمل معنا، هذا كل شيء، أو انتظر قائدنا. سيأتي غدًا ويحل هذه المشكلة. لا يمكننا أن نعارض قراره،" بعد قول هذا، عادت المرأتان إلى باندالهما.

وعندما عادت هاتان المرأتان، سأل السيد صابروال سيدينج المسؤول عن المرأة التي تسببت في هذا النزاع.

قال له المسؤول: "إنها أرملة أحد رافعاتنا الجانبية الدائمة، وهو سكير. لقد كان مريضًا خلال الأسابيع القليلة الماضية. على الرغم من تناوله للأدوية، إلا أنه استمر في تناول الخمور. في وقت لاحق، توفي. الآن جاءت أرملته للعمل. هؤلاء النساء يشوهن شخصيتها ويخلقن الإثارة. أنا أتصل بها. يمكنك التحدث إليها إذا كنت ترغب في ذلك ".

دعا الجانب المسؤول تلك المرأة.

بعد فترة من الوقت، دخلت امرأة تبلغ من العمر حوالي خمسة وعشرين عامًا، ملفوفة بساري أبيض، إلى المكتب. كانت امرأة معتدلة التعقيد ونحيلة ونحيلة. كان شعرها جافًا ومرتبًا بشكل غير منظم. كان لديها وجه جميل. كانت شفتيها جافتين. كانت ترتدي شابال مكسور تقريبًا. بدا الأمر وكأنها لم تشرب كوبًا من الشاي منذ الصباح. عندما دخلت المكتب، قالت مرحبًا للسيد صبروال ووقفت في زاوية المكتب.

"ماذا حدث لزوجك ؟" سألها.

"كان مريضًا ومدمنًا على الكحول. وبخني وضربني كلما حاولت منعه من تناول الخمور. في أحد الأيام، تقيأ الدم وأصبح شبه ميت. حملته إلى المستشفى، وفي الطريق، تقيأ الدم ثلاث مرات ومات ". قالت.

"ليعطي الله السلام لروحه. من يوجد أيضًا في عائلتك ؟" سألها السيد صبروال.

"لا أحد يا سيدي. توفي والداي عندما كنت طفلاً. اعتنى بي عمي وعمتي. في وقت لاحق تزوجوني من رجل عجوز مريض، ضعف عمري، لتخفيف العبء عنهم. الآن تركني أيضًا. لا يوجد أحد الآن ". أجابت. كان صوتها مليئًا بالألم والفراغ.

قال السيد سابهروال، "من فضلك اذهب."

لقد رحلت. قال السيد صابروال لـ سيدينج المسؤول: "دعني أتحدث إلى قائدهم".

ذهبنا إلى المدير. أبلغه بالإضراب والأمور المتعلقة بالإضراب. اتصل المدير هاتفياً بالقائد. أكد له أنه قادم.

ذهبنا تحت الأرض لعملنا. في المساء، ذهبنا إلى الجانب. قال الجانب المسؤول إن القائد جاء وذهب إلى الأشخاص المضربين. تحدث مع المرأة التي كان الآخرون مضربين عن العمل بسببها. في وقت لاحق قال لي أن أبلغكم أنه غدا الساعة العاشرة صباحا سيتم تسوية المسألة.

في اليوم الآخر، حوالي الساعة العاشرة صباحًا، ذهبت مع السيد سابهروال إلى الجانب. اليوم كانت تلك الأرملة هناك في ثوب نظيف مع ماكياج جيد. كانت ترتدي ساري نظيف. كان شعرها ممشوطًا جيدًا. كانت تضع ظلًا خفيفًا من أحمر الشفاه. اليوم، بدت جميلة.

في حوالي الساعة العاشرة، جاء القائد. ذهب إلى العمال المضربين. صرخوا - "Inqilab، Zindabad، Bharat Mata، Ki Jai".

بعد هتاف الشعارات، ألقى قائد اللوادر المتحيزة خطابًا، "أيها الزملاء العمال، اليوم، لتصحيح مشكلتنا، جاء قائدنا المحبوب. نحن مدينون له كثيراً. وقف قائدنا العزيز معنا من أجل قضيتنا كلما واجهنا مشكلة. نحن ممتنون له. اليوم جاء لمعالجة مشكلتنا. ومهما كان القرار الذي سيتخذه، فسوف نقبله. يرجى الترحيب بقائدنا بالتصفيق أولاً.

تم الترحيب بالزعيم بالتصفيق. العمال القلائل أكاليل له. ثم بدأ القائد خطابه، "أيها الإخوة والأخوات، أشكركم على احترامكم وحبكم. نحن أناس عاديون. الألم والسرور هم أصدقاؤنا. إذا لم نعمل، سنموت من الجوع. نحن نعمل بجد للحصول على وجبتين لأطفالنا وأنفسنا. نحن نعمل بجد للحصول على قطعة من القماش لتغطية أجسادنا. اليوم، فقدت هذه المرأة المسكينة معيلها. إذا كنت لن تتعاطف معها، فمن سيفعل غيرك ؟ فقط الفقراء يفهمون حزن الفقراء. ستستغرق هذه الإدارة عديمة الفائدة شهورًا لإعطائها خطاب موعد. في هذه الحالة، من سيساعدها غيركم ؟ مخاوفك حقيقية. أعدك. سأبذل قصارى جهدي لجعلها تفهم قلقك الحقيقي. أنا متأكد من أنها ستفهم كل شيء. يرجى أن تثق بي وأن تتراجع عن ضربتك ".

صفق الجميع وصرخوا، "بهارات ماتا كي جاي. زندباد ".

وبالتالي، تم إلغاء الإضراب. كان هناك فرح وغبطة في كل مكان. جلست السيدة، التي كانت السبب في هذا الإضراب، في سيارة القائد. أخذها معه.

بعد أن رأيت تعاطفه مع الفقراء، شعرت بالاحترام له من صميم قلبي. إذا كان هناك شخص آخر غيره، لكان قد استخدم فقر تلك المرأة ودعاها إلى مكانه، لكنه أخذها معه في سيارته لإقناع هؤلاء العمال بأنه المنقذ الوحيد لهم. مدى سهولة حل المشكلة. هذا العالم جميل جدا وآمن فقط بسبب هؤلاء الناس. ربما هذا هو السبب في أن الإدارة تحافظ على روح الدعابة لدى القادة.

في اليوم الآخر، في فترة ما بعد الظهر، عندما ذهبت إلى الانحياز، رأيت المرأة التي أخذها القائد معه، تعمل مع المرأتين الأخريين، اللتين اشتكتا منها. اليوم لم تكن القيادات النسائية وهذه المرأة تعملان معًا فحسب، بل كانتا تتحدثان مثل الأصدقاء. لقد دهشت لرؤية هذا.

سألت سايدينج المسؤول، "أي نوع من المعجزات هذه ؟ بالأمس، تحدثت المرأة بسوء عنها ؛ اليوم، هم أصدقاء. اعتقدت أن القائد سيشركها في العمل في مكان آخر، لكن هذه كانت معجزة ".

"نعم يا سيدي، إنها معجزة القائد. وهو مشهور بهذه الأنواع من المعجزات. تفضل بالجلوس من فضلك. سأحضر لك كوبًا من الشاي الساخن ". قال المسؤول وهو يضحك.

اتصل بتلك المرأة وأخبرها أن تحضر الشاي من المقهى.

ذهبت بسعادة لإحضار الشاي. تبدو طبيعية. عدت إلى مكتب الحفرة بعد تناول كوب من الشاي. أخبرت السيد صبروال عن هذا ؛ سمع ذلك وابتسم. قال السيد جاين: "يا فتى، في الوقت المناسب، ستفهم كل شيء."

كان السيد خورانا ضابط التهوية في ذلك المنجم. كانت طريقته في التحدث مختلفة. سأل: "الفتيات لا يدرسن في كليتك في المدرسة الهندية للمناجم."

قلت: "لا".

"هذا هو السبب في أن الجميع دودة كتب هناك. لهذا السبب اعتقدت أن القائد أخذها معه للتعاطف لجعلها تفهم مخاوف هؤلاء النساء ". قال ضاحكاً.

قال السيد جاين: "انسى الأمر. خورانا يتحدث دائما مثل هذا. ستفهم كل شيء في الوقت المناسب ".

وانتهى الأمر.

في تلك اللحظة، لم أفهم، لكنني الآن فهمت بعض ظلال الحياة المظلمة. هذه ظلال حصرية ؛ خلاف ذلك، يبقى كل شيء واضحًا ودقيقًا في وضح النهار للرجل العادي. وتسمى هذه الظلال أيضًا الظلال الليلية. إنها ظلال ملونة للغاية. يتخذ معظم الأشخاص الأقوياء والأثرياء قرارات مهمة في ظل هذا الظل.

القادة هم سلالة مختلفة من الناس.

البيت الأبيض ولالي

كان ذلك في عام 1972 عندما كانت مناجم الفحم في أيدي القطاع الخاص. كان نورث تشانداميتا أحد مناجم شركة شو والاس، ومقرها في باراسيا. باع شو والاس حصته إلى بودار قبل عامين، لكن الجميع أطلقوا عليها اسم شركة شو والاس. كانت بلدة باراسيا على بعد خمسة كيلومترات من شمال تشانداميتا. كان مقر الشركة على مسافة كيلومتر واحد من بلدة باراسيا باتجاه شمال تشانداميتا. تم تقسيم الألغام إلى مجموعتين. كانت كل مجموعة تحت وكيل واحد. كان السيد بريجبوشان كبير مهندسي التعدين في الشركة.

أمام المكتب الرئيسي على الجانب الآخر من الطريق، كان هناك مبنى من طابقين للحجي (شخص أدى فريضة الحج) من تشانداميتا. كان هذا البيت مشهوراً كبيت أبيض بين الناس. كان ذلك بسبب لونه الأبيض والمقيم، السيد لالي.

كان السيد لالي من لكناو، أوتار براديش. كان قائد مجموعة من عمال غوراهبوريا. كانت طريقته في التحدث وأسلوبه في الترفيه عن الضيوف بأسلوب الحظناوي النموذجي.

كنت أعيش بالقرب من مستوصف منجم بهاموري في بهاموري، والذي كان على بعد نصف كيلومتر من منجم منجم شمال تشانداميتا. كان مسكني أمام مستوصف. كان هناك مسافة بين المستوصف ومنزلي. على جانب واحد من هذه المساحة، كانت هناك متاجر للفواكه والخضروات وكوخ على الجانب الآخر. مر طريق إلى مستعمرة العامل بين ذلك الكوخ وسكني.

كان الدكتور ساركر هو المستوصف المسؤول. كان معقد القمح، طوله حوالي ستة أقدام، وشخص ضخم. كان زميلًا بنغاليًا مرحًا، يبلغ من العمر حوالي خمسين عامًا. بسبب شاربه ولحيته وطريقة حديثه وملابسه، اعتقد الجميع أنه ساردار بنجابي. كان يتحدث البنجابية بطلاقة، مثل البنجابيين. كان لديه سيارة السفير ودراجة نارية رويال انفيلد. مرة واحدة في السنة، كان يسافر إلى مسقط رأسه في مالدا في ولاية البنغال الغربية على دراجة نارية. لقد استمتع برحلته على دراجته النارية كثيراً. كان من المثير له البقاء على جانب الطريق في دابا (كشك للطعام على جانب الطريق) والنوم في العراء على شاروبوي (سرير خفيف). على حد تعبيره، يمكن فقط لهؤلاء الناس الاستمتاع بها، الذين اختبروها. ذات مرة، ذهب إلى لداخ على دراجته النارية. اعتاد أن يروي هذه القصص بإثارة وشغف ولم يشعر بالملل أبدًا أثناء وصف هذه الرحلات.

في إحدى الأمسيات، جاء إلى مسكني وطلب مني أن أستعد في أسرع وقت ممكن، "تعال معي. سأحضر لك كوبًا من الشاي مقدمًا على طريقة لكناوي ".

سألته: "أين ؟"

قال: "لا تسأل سؤالاً. استعد قريباً. سأقدم لك طبيبة جميلة جدًا أيضًا ".

أخذني الدكتور ساركر إلى البيت الأبيض للسيد لالي. كانت هناك مظلة ملونة كبيرة في وسط حديقة جيدة الصيانة مع زهور جميلة. التقوا بابتسامات ضخمة على وجوههم. كان الاسم الفعلي للسيد لالي هو لطفور رحمن. نظرًا لأنه كان اسمًا يصعب نطقه، فقد أصبح لالي. كان لديهم متجر من القصص الفكاهية. كانا مولعين بصحبة بعضهما البعض. في اللحظة التي التقيا فيها، ضاعا في قصصهما.

كنت أشعر بالملل معهم. كلما شعر السيد لالي أنني أشعر بالملل، اتصل بشخص ما وأمره بإحضار شيء لي. في أي وقت من الأوقات، تم تقديم أطباق مختلفة بشكل جيد أمامي. مرة أخرى، اعتاد السيد لالي والدكتور ساركار أن يضيعوا في قصصهم. عندما شعر الدكتور ساركار بالملل، سأل السيد لالي، "أين درخشان ؟"

قال السيد لالي: "لقد ذهب ديراكشان إلى لكناو".

لقد ضاعوا مرة أخرى في ثرثرتهم. بعد ساعتين ونصف، بدأنا في العودة إلى سكننا. في الطريق، أخبرني الدكتور ساركار، "حظًا سيئًا، أيها الشاب. لا يمكنك مقابلة طبيبة جميلة".

قلت له: "لا شيء يدعو للقلق. دعونا نحتفظ به لوقت آخر".

كان السيد لالي قائد المجموعة، وكان تسعة عشر من قادة المعسكر تحت إمرته. في تلك الأيام، أحضروا عمالًا من غوراكبور لعمل تحميل الأحواض في مناجم الفحم تحت الأرض. كانوا يسمون Gorakhpuria (العامية لـ Gorakhpur).

كان هناك سينغ وشركاه في غوراخبور. قاموا بتعيين وإرسال عمال لملء الأحواض في مناجم الفحم تحت الأرض. كانت شركات التعدين تمنح هؤلاء العمال خمسة عشر يومًا من التدريب في مركز تدريب الشركة. بعد ذلك، تم نشرهم في مخيمات مختلفة حسب متطلباتهم. عمل هؤلاء العمال لمدة عشرة أشهر فقط. بعد ذلك، أعيدوا إلى غوراخبور.

إذا أراد أي عامل العودة إلى العمل، فعليه تسجيل اسمه في مكتب غوراخبور.

كان لكل معسكر مسؤول يسمى قائد المخيم، يعينه مكتب غوراكبور. وعهدوا إليهم بأعمال رعاية العمال. كان من واجبهم إشراكهم في العمل، بالتشاور مع إدارة المناجم، والتأكد من إعداد الفواتير أسبوعيًا. كان من المفترض أن يرسل كل قائد معسكر نسخة من الفاتورة الأسبوعية إلى قائد المنطقة السيد لالي.

كان قادة المخيمات يعيشون في رفاهية. كان قادة المخيم يعيشون مثل النوّاب الصغار. أُجبر ثلاثة إلى أربعة من الغوراخبوريين على العمل في منزل قائد المخيم. على حساب المخيم تم شراء مستلزمات منزلية لمنزل قائد المخيم.

كانت الشركة توفر منزلاً من غرفتي نوم للقادة. كان لكل مخيم ما لا يقل عن أربعة مونشي لعملهم الرسمي. تم تعيين هؤلاء المونشي من قبل مكتب غوراكبور وتم نشرهم للقيام بواجبات المناوبة في المنجم. كانت المسؤولية الأساسية لقادة المخيمات هي نشر عمال Gorakhpuria هؤلاء والحفاظ على سجل مناسب لعملهم بمساعدة munshis. دفعت شركة الفحم راتبًا لهذه المنشية. كان قادة المعسكرات وقادة المجموعات يحصلون على أجر من مكتب غوراكبور.

أشرف قائد المجموعة/المنطقة على قادة معسكرات السرية. كان واجب قائد المجموعة هو تمرير فواتير جميع المعسكرات من المكتب الرئيسي للشركة وإرسالها إلى مكتب غوراكبور. كان لدى قائد

المجموعة القدرة على نقل قائد المعسكر والمنشي من معسكر إلى معسكر آخر وإعادتهم إلى مكتب غوراكبور عندما لم يكن راضياً عن عمله.

كانت ليلة باردة في ديسمبر. ذات مرة أثناء نوبتي الليلية في حوالي الساعة الثانية عشرة والنصف ليلاً، عندما كنت ذاهباً نحو المنحدرات للذهاب تحت الأرض، سمعت رجلاً يبكي. عندما اقتربت من شخص يبكي، رأيت عاملاً في Gorakhpuria، كان يرتدي نصف بنطال وبانيان، يتعرض للضرب بعصا من قبل شخص يرتدي بنطلونًا وقميصًا وسترة كاملة. عندما رآني غوراكبوريا، جاء يركض وقال: "سيدي، لدي حمى. لا أريد الذهاب إلى العمل، لكن مونشي يضربني ويطلب مني الذهاب إلى العمل ".

قبل أن أتمكن من قول شيء ما، قال مونشي: "إنه كاذب. إنه لا يريد العمل. ليس لديه حمى. إنه يكذب ".

ناشد ذلك العامل، "سيدي، من فضلك المس معصمي. يمكنك أن تعرف بنفسك ما إذا كنت أعاني من الحمى ؟"

عندما لمست معصمه، شعرت أنه يعاني من حمى أكثر من مائة درجة مئوية. قلت لمنشي: "لديه أكثر من مائة حمى. كيف يمكنه العمل ؟ ستكون مسؤوليتك إذا حدث له أي شيء أثناء العمل ؟"

"سيدي، إنه يكذب. احتفظ بالبصل في إبطه وأصيب بحالة تشبه الحمى. في غضون ساعة، ستختفي حرارته ". قال مونشي.

لم أستطع أن أفهم كيف يمكن أن ترتفع درجة حرارة الجسم باستخدام البصل المقشر تحت الإبط. في وقت لاحق أخبرني آخرون أن شخصًا ما يمكن أن يخلق مثل هذا الشرط، لكن مع ذلك، لم أصدق ذلك.

قلت لمنشي: "لنفترض أن كل ما تقوله صحيح. من أعطاك الحق في ضرب شخص كهذا ؟ ألا تعلم أن بلدنا بلد مستقل ؟ إن ضرب أي شخص هو جريمة يعاقب عليها القانون ".

"العمل في ظل مثل هذه الظروف سيصبح صعباً. لن أقنع أبدًا من لا يفهم سوى لغة العصا، وليس الكلمات ". أجاب مونشي.

"اسمع ؛ احتفظ بأفكارك لنفسك. هذا الرجل لن يذهب إلى العمل. لا تكرر مثل هذه الأخطاء في مناوبتي. لن أقبلها. سأمنعك من الذهاب إلى العمل وإشراك شخص آخر في عملك. لا تنس أبداً أن بلدنا بلد مستقل. ولدت في بلد مستقل. اذهب إلى عملك ". قلت وذهبت.

وقع هذا الحادث ليلة السبت. في يوم الاثنين، بدأت مناوبتي في الساعة الثامنة صباحًا. قابلني قائد المعسكر في أعلى الحفرة حوالي الساعة التاسعة. أراد أن يتحدث معي على انفراد. جلسنا في غرفة الموظفين، التي كانت فارغة لأن الموظفين نزلوا إلى الحفرة للعمل. قال لي قائد المخيم: "إذا كنت لا تمانع، أريد أن أخبرك بشيء".

قلت: "من فضلك قل ما تريد ؛ بعد كل شيء، أنت أكبر مني".

"أريد أن أقول لك ؛ من فضلك لا تمنع شعبي من العمل وفقًا لأسلوبنا. لقد انضممت للتو إلى واجبك. لقد درست في كلية ذات سمعة طيبة.

ليس هناك شك في معرفتك، لكنك شاب. هناك طرق لأداء كل وظيفة على أساس مزاياها وأساليبها. طريقتي في العمل مثل الملاك. وهو منتشر في مجتمعنا. لن يتغير بسرعة وسهولة. لقد كان سائدًا منذ قرون وسيبقى على هذا النحو حتى أكون على قيد الحياة. يرجى محاولة فهمه. لا شك أنك ستفهم كل هذا في الوقت المناسب ".

أدهشني أن أسمع ذلك من شخص يبلغ من العمر حوالي خمسة وخمسين عامًا. يجب أن يكون أولاده متزوجين ومستقرين. لم يعتقد أنه إذا أعطى شخص ما مثل هذه المعاملة لابنه، فكيف سيشعر ؟ كان من الصعب جعله يفهم بأي منطق. كان محاصراً في شبكة أفكاره وأفكاره. قلت له: "أنت على حق. سيستغرق الأمر وقتًا للتغيير ولكن صدقني ؛ من المحتم أن يحدث اليوم أو غدًا. من يمكنه منع الشمس من الشروق ؟ أنت توافق على أن بلدنا بلد مستقل ".

"ليس هناك شك في ذلك. بلدنا بلد مستقل ". قال قائد المخيم.

قلت: "ستوافقين على أنني ولدت في الهند المستقلة".

"نعم. أنت شاب ". قال قائد المخيم.

"إذن من فضلك قل لي ما إذا كان كل ما قلته لمونشي الخاص بك صحيحًا أم لا. كيف يمكن لشخص أن يضرب شخصًا مثل حيوان عندما يكون مريضًا ". سألت.

بعد سماع ذلك مني، كانت هناك علامة على اليأس على وجه قائد المخيم. قال بصوت غاضب: "أنت لا تحاول فهم وجهة نظري.

سأخبركم بهذا فقط ؛ من فضلكم لا توقفونا عن عملنا. واسمحوا لنا أن نقوم بعملنا بطرقنا ". وعاد إلى معسكره.

يوم الأربعاء، اتصل بي المدير إلى مكتبه وقال: "اذهب إلى المكتب الرئيسي وقابل السيد بريجبوشان. إنه دقيق للغاية في الوقت ".

سألته، "ماذا لو كان يجب أن أقابله ؟"

قال المدير، "هل تحدثت مع قائد المخيم."

"نعم يا سيدي، لقد تحدثت معه." ثم أخبرته عن حادثة ليلة السبت ومناقشتي مع قائد المخيم.

قال المدير: " أعرف هذا. لقد منعت مونشي من ضرب شخص مريض. لقد فعلت الشيء الصحيح. قائد المخيم هذا من قرية السيد بريجبوشان. ينقل كل مادة عن طريق إضافة الملح والفلفل من جانبه. لهذا السبب لا أحب أبدًا التحدث إليه. أعرف كل آثام معسكره، لكنني أبقي فمي مغلقاً. أتحدث معه فقط عن العمل. أطلب منه التحقيق في الأمر الذي أبلغني به مونشي. كل مدير يعرف عنه، ولا أحد يريده في معسكره. هذا المخيم صغير. يريد الذهاب إلى معسكر أكبر لكنه لا يستطيع لعب لعبته. حسنًا، أنت تقابل الزعيم ".

وصلت في الساعة الرابعة إلى مكتب السيد بريجبوسان. أخبرت مساعده الشخصي عني وعن سبب مجيئي. أعطاني ورقة وطلب مني كتابة اسمي. كتبت اسمي على تلك القسيمة وأعطيته إياها. طلب مني

الانتظار في غرفة الانتظار. بعد حوالي عشر دقائق، طلب مني زيارة مكتب السيد بريجبوشان.

كان السيد بريجبوشان رئيسًا لتلك الشركة. كان شخصًا مبنيًا جيدًا ومحببًا للقمح وقصيرًا معقدًا وذو طول وعينين صغيرتين وصوتًا مدويًا. كان مكتبه ضخمًا ومزينًا بشكل جميل. باستثناء اثنين من الوكلاء، يمكنه فصل أي شخص من الشركة.

كان السيد لالي جالسًا في مكتبه. عندما دخلت مكتبه، نظر إلي نظرة غاضبة كما لو أنه سيأكلني. سألني السيد بريجبوشان اسمي بصوت مدوي. عندما أخبرته باسمي، سألني بنفس اللهجة،" أخبرني بما قلته لمونشي، الذي كان يضرب تلك الجوراخبوريا الدموية".

كان هناك شخصان يجلسان على الكرسي بينما كنت أقف مثل المتهم. لم أستطع أن أفهم خطئي، لكن صوت السيد بريجبوشان ملأني بالغضب. قلت له: قلت لمنشي إن بلدنا مستقل. ولدت في بلد مستقل. هنا، لا أحد لديه سلطة ضرب أي شخص مريض مثل حيوان، ولن تضرب أحدًا مثل هذا ".

"هل تفهم أنك كنت تتدخل في عمل الشركة ؟ سيكون من الأفضل إذا لم تفعل ذلك. من الجيد سماعها ولكنها ليست مفيدة. إنه لا يساعد في العمل، والشركة لا تعمل أبدًا من أجل الصدقة، وهذه الكلمات لا تشبع الجوع أبدًا. اخرج وانتظر ". قال لي بغضب. كان غاضبًا.

خرجت من مكتبه وجلست في غرفة الانتظار. كنت أجلس هناك بحجة واهية. بعد حوالي خمس دقائق، جاء السيد لالي وجلس بجانبي. قال: "أخبرته أنني قادم بعد التحدث إليك. أبلغني مديرك عنك. لم يخبرني

قائد المخيم عن هذا الأمر. الرئيس من قريته. يفكر في نفسه على أنه مختلف عن الآخرين. لا تقلقي ". عاد إلى مكتب السيد بريجبوشان.

لم أستطع أن أفهم ما الخطأ الذي ارتكبته. قلت الشيء الصحيح، لكن السيد بريجبوشان اعتقد أنه خطأ. لماذا ؟ كنت مشغولاً بهذه الأفكار. قاطع مساعد السيد بريجبوشان تفكيري، "سيدي يناديك".

دخلت إلى مكتب الرئيس، "تعال. اجلس ".

جلست ثم قال لي: "كنت غاضبًا ؛ لهذا السبب لم أتمكن من إخبارك بما أردت إخبارك به. الآن سأخبرك. يرجى الانتباه إلى كلماتي. إنها شركة يعمل فيها الكثير من الناس. تعتمد سبل عيش أسرهم على ذلك. ستظل الشركة تعمل حتى تحقق ربحًا. خلاف ذلك، سيقوم المالك بإغلاقه. الجميع سيفقد وظيفته. مسؤوليتنا هي إدارة هذه الشركة على أساس الربح ؛ في بعض الأحيان، يتم اتخاذ خطوات قاسية. هل فهمت ؟"

قلت: "نعم. سيدي ".

قال السيد بريجبوشان: "جيد. سترشدك لالي أكثر. حسناً. الآن يمكنك الذهاب، أيها الشاب ".

خرجت من مكتب السيد بريجبوشان مع السيد لالي. خرجنا من بوابة الحرم الجامعي للمكتب. قال السيد لالي: "الآن سترى ما سأفعله مع هذا القائد الدموي. حتى مديرك غير راضٍ عنه. سأتفقد معسكره بعد يومين. سيأتي غدًا لمقابلتك. أخبره أنك كنت على وشك أن تفقد وظيفتك وما إلى ذلك، لذلك يظل سعيدًا ".

واصلنا التحدث أثناء المشي ووصلنا إلى الطريق الرئيسي. كان منزل السيد لالي على الجانب الآخر من الطريق. كنا على وشك عبور الطريق، ثم توقفت سيارة جيب كتب عليها حكومة الهند بالقرب منا. كان السيد داليوال جالسًا في تلك السيارة الجيب. رحبت به. سأل: "ماذا تفعل هنا ؟"

قلت له: "لقد انضممت إلى هنا كمتدرب تنفيذي مبتدئ".

"اجلس في السيارة. لقد انضممت إلى DDMS (نائب مدير سلامة المناجم) في مكتب Parasia. تعال إلى مسكني ". أخبرني السيد داليوال.

قدمت السيد داليوال إلى السيد لالي. "إنه قائد المجموعة هنا."

قال السيد لالي للسيد داليوال بأسلوبه اللخناوي، "جناب (كلمة مهذبة للسيد) على جانب آخر من الطريق يوجد مسكن هذا الرجل الفقير. سأكون ممتنًا للغاية إذا قبلت كوبًا من الشاي في منزلي ".

لم يستطع السيد داليوال رفض عرضه. ذهبنا إلى منزل السيد لالي. في أي وقت من الأوقات، أصبح كلاهما صديقين. في غضون ذلك، سألني السيد داليوال، "هل أنت مستقر بشكل جيد أو لديك أي مشكلة ؟ سأخبر السيد بريجبوشان الآن ".

"أنا مستقر يا سيدي. لا توجد مشكلة ". قلت.

"جيد ؛ إذن يجب أن تساعدني في مكتبي لمدة عشرة أو خمسة عشر يومًا."قال السيد داليوال.

"حسنًا يا سيدي. قلت: "سأبلغ مديري".

"لا تقلقي بشأن ذلك. سأبلغ السيد بريجبوشان الآن. صباح الغد ستأخذك سيارتي من شمال تشانداميتا ". قال السيد داليوال.

قلت: "حسناً يا سيدي".

"هل يمكنني إجراء مكالمة من هاتفك، سيد لالي ؟" سأل السيد داليوال السيد لالي.

قال السيد لالي: "بالطبع".

أثناء وجود السيد داليوال في منزل السيد لالي، أبلغه مكتب السيد بريجبوشان أنهم أبلغوا الوكيل والمدير. أخبر السيد داليوال السيد بريجبوشان أنه يود أن أكون في مكتبه لمدة خمسة عشر يومًا. أعطى السيد بريجبوشان إذنه على الفور وقال إنه سيبلغ الوكيل والمدير.

كان السيد داليوال نائب مدير سلامة المناجم في منطقة باراسيا. كانت جميع الألغام في منطقة باراسيا تحت سيطرته لأسباب تتعلق بالسلامة.

في اليوم التالي، قبل الذهاب إلى باراسيا، ذهبت إلى منزلي. استدعاني المدير إلى مكتبه وأخبرني أن أستمر في الذهاب إلى باراسيا حتى

يرغب السيد داليوال في ذلك. اتصل بالسيد جاين ليخبره أنه يجب إشراك شخص ما للاعتناء بمناوبتي، حيث سأذهب إلى مكتب DDMS في باراسيا. قال السيد جاين للمدير: "هل أخبرته أنه سيهتم بمنجمنا".

"لا أشعر أنه من الضروري إخباره بأي شيء لأنه ينتمي إلى هذا المنجم." قال المدير للسيد جاين.

"حتى ذلك الحين، سأقول اعتني بمنجمنا."

قلت ضاحكاً: "سيدي".

عندما خرجت من مكتب المدير، رأيت قائد المخيم قادمًا من جانب مكتب الحفرة. عندما اقترب مني، سألني، "ما الأمر؟ اليوم، أنت لا ترتب الوردية".

ملأته بالفرح. ظن أنهم أبعدوني عن العمل بسببه. كما لو كان يحاول أن يقول، هل رأيت سحري؟ ألم ألقنك درسًا؛ كنت تتحدث عن الاستقلال، وما إلى ذلك. أليست ضربة ماستر ستروك لمالك العقار؟

"إنها كل تمنياتك الطيبة. سأذهب إلى مكتب DDMS في باراسيا". أخبرته أن يبقيه سعيدًا وغادرت إلى باراسيا.

كنت أفكر في مدى صحة ما قاله السيد لالي عنه. كم أصبح منغمسًا في السعادة للاعتقاد بأنهم أبعدوني عن هذا العمل بسببه.

يمتلك الأغبياء هذه الصفات الأنانية بوفرة. إنه يملأهم دائمًا بنشوة كونهم مزارعين من اثني عشر محراثًا.

كان أحد الرجال يفكر في نفسه كمزارع كبير. في أحد الأيام، سأله أحد أصدقائه، "أخي، أحتاج إلى بعض المال. يرجى إعارة لي. أعدك أنني سأعيدها في أقرب وقت ممكن ".

أجاب الغبي: "لكن ليس لدي أموال إضافية".

"لا تقل لا. أعدك ؛ سأعيدها في أقرب وقت ممكن. من فضلك لا تنكر ذلك. أنت مزارع كبير، مزارع من اثني عشر محراثًا ". قال صديقه وهو يكاد يتوسل.

قال غبي: "صدقني، كل هذه المحاريث ليست لي، وقليل منها لعمي، وقليل منها لعمي".

سأل صديقه المحتاج: "حسنًا، كم منهم من عمك ؟".

أجاب الغبي: "خمسة".

"وكم عددهم من عمك لأبيك". سأل صديقه.

أجاب الغبي: "سبعة".

"إذن، ماذا، أنت مزارع كبير مع اثني عشر محراثًا." قال صديقه.

"هذا صحيح". ضاع الغبي في فرحته الحمقاء.

كتب على وجه قائد المعسكر. كان مزارعًا مع اثني عشر محراثًا. يعيش أشخاص مثله في أحلام اليقظة هذه. نادراً ما يقبلون أن الأحلام تموت بسرعة.

فجأة، جاء قائد المخيم إلى مسكني في حوالي الساعة العاشرة من صباح يوم الأحد. لقد دهشت لرؤيته. قال لي: "أنا أقول لك الحقيقة. أخبرت السيد بريجبوشان عن حادثتك، فقط بهذا القدر، ما قلته لمونشي. لم أضف أي كلمة من جانبي. فتش السيد لالي مخيمي. الآن الجميع غاضبون مني. السيد لالي يريد إعادتي إلى غوراكبور. السيد بريجبوشان غاضب مني أيضًا. يقول أنك تضيف دائمًا شيئًا أو آخر من جانبك. في ذلك اليوم أخبرتني عن ذلك المهندس الجديد بإضافة العديد من الأشياء من جانبك. لم تقم بإبلاغ المدير وجئت إلي. كانت لالي هي التي حافظت على الأمر. المدير غاضب مني أيضًا. الآن فقط يمكنك أن تنقذني من غضبهم. [NEUTRAL]: أقبل خطئي كان يجب أن أبلغ المدير ثم السيد لالي، وبعد ذلك، كان يجب أن أبلغ السيد بريجبوشان. ذهبتُ إليه. لقد استأصلت قدمي. هل تفهم مشكلتي ؟ أرجوك ساعدني. لقد جئت بأمل وتوقع كبيرين لك ".

"لا تقلقي. دعونا نشرب كوبًا من الشاي. سأجد مخرجا ". أخبرته.

أخبرني عن عائلته وعائلة السيد بريجبوشان أثناء تناول الشاي. أكدت له أنني سأتحدث إلى المدير والسيد لالي عنه. عاد قائد المخيم بعد تأكيدي.

كنت أفكر في مدى غباء البشر. إنهم يعيشون دائمًا في عالم الأحلام، ولا يعرفون أبدًا ما كتبه سبحانه وتعالى على صفحة الغد، ويظلون دائمًا يطيرون مع اثني عشر محراثًا من أعمامهم من الأم والأب بأجنحة الأحلام. إنهم لا يكلفون أنفسهم عناء فهم أن كل لحظة لها وجودها ولونها. وهكذا يقع الإنسان في شرك تعقيدات الحياة.

لم أخبر أي شخص بأي شيء ضد قائد المخيم. أصبح فريسة غبائه. الآن كنت أشعر بالسوء تجاهه. قررت أن أطلب منهم أن يغفروا له.

يحب الله تعالى أطفاله، لكن نادراً ما يفهم الفرد هذا. الإنسان حزمة من التناقضات والأخطاء. يتم منحه دائمًا فرصة لتحسين نفسه.

ISM DHANBAD

فجأة جاء زميلي في الصف إس كيه فيرما إلى ذهني.

كان فارما باحثًا نهاريًا يعيش مع عمه منذ الطفولة. من كان رئيس قسم الجيولوجيا التطبيقية ؟ لم تكن فيرما زميلتي في الفصل فحسب، بل كانت أعز صديقاتي. كنت أدعوه إس كيه.

كان إس كي شابًا وسيمًا طوله خمسة أقدام وأحد عشر بوصة، معقدًا أبيضًا، وذكيًا. كان متميزًا في دراسته. كان حاصلًا على منحة دراسية بجدارة وكان جيدًا في التحدث وإقناع الناس. وبسبب هذه السمة، غالبًا ما تصبح الفتيات صديقاته. كان يستمتع باللعب بمشاعر تلك الفتيات. بالصدفة، إذا عبر عن حبه لأي فتاة، فقد اعتادت أن تسقط رأساً على عقب من أجل حبه.

كانت ضحيته الأولى ميشتي، ابنة السيد تشاكرابورتي.

كان ميشتي يبلغ من العمر حوالي عشرين عامًا وطالب بكالوريوس نهائي في كلية ماجاد ماهيلا. كانت فتاة جميلة، شهوانية، فاتنة ذات عيون كبيرة، وشعر أسود طويل، وشكل متعرج. كانت متأكدة من كونها جميلة وعصرية أيضًا. كان فستانها المفضل هو التنورة الضيقة فوق طول الركبة والجزء العلوي الفضفاض والأحذية ذات الكعب الرصاص. كانت القلب النابض للأولاد.

في تلك الأيام كنت أنشر مجلة حائط هندية نصف شهرية، "تشايانيكا". كنت سكرتيرة المجتمع الهندي ومحررة "تشايانيكا".

كان هناك لوح كبير على الجدار الأيسر عند مدخل المدرسة الهندية للألغام. كان "تشايانيكا" مخصصًا فقط لطلاب المدرسة الهندية للمناجم. نشرت صورًا ونكاتًا وقصصًا صغيرة وقصائدًا ورسومات للطلاب. كان هناك ثلاثة محررين مساعدين لهذه المجلة الجدارية. في وقت لاحق، ظهرت مواد أدبية من كليات أخرى في دانباد تحت عمود "من كليات أخرى".

في أحد الأيام حوالي الساعة الخامسة مساءً، جاءت إس كي مع تلك الفتاة العصرية إلى غرفة نزلتي. عرّفني بها كمحررة لمجلة "تشايانيكا" التي تصدر كل أسبوعين وكأفضل صديق له.

قال ميشتي: "اعتقدت أن المحرر يجب أن يكون رجلاً ملتحياً بشعر طويل، لكنك لست كذلك".

قلت: "أنا آسف لأنني لست مثل فكرتك، لكنني محرر "تشايانيكا"، وأنا سعيد بلقائك".

"لقد عرفت أنك رسام جيد. هل سترسم رسمتي وتنشرها في مجلتك؟" سألت.

"حسنًا، سأحاول، لكن أعطني صورتك التي ترغب في رسمها ونشرها."

"حقًا! ستفعل ذلك من أجلي؟"

"نعم، يجب أن أفعل ذلك ؛ بعد كل شيء، أنت صديق أعز أصدقائي."

ضحكت وقالت: "حسنًا، سأعطيك صورتي غدًا."

قلت: "حسناً".

في اليوم التالي جاءت في المساء، وأعطتني صورتها، وسألتني: "متى ستنشرها ؟"

قلت: "يمكنك العثور عليه في العدد القادم".

"هل هو كذلك ؟" كانت أكثر من سعيدة.

قلت: "بالتأكيد".

رسمت صورتها بالألوان المائية على ورقة الرسم. شفتيها وعيناها وشعرها بلون بارز، ولباسها بلون فاتح. كانت حاضرة بشكل كافٍ على تلك الورقة التي كتبت تحتها مثل هذا...

إنها نبضة قلب،

إنها حلم،

إنها رغبة،

إنها هواء نقي،

تغري المتفرجين دون خوف

أثار ذلك ضجة بين طالبة الكلية ؛ وبالمثل، جاءت فتيات من كليتها في مجموعات لرؤية لوحتها.

في أحد أيام الأحد في حوالي الساعة الثالثة مساءً، كان هناك طرق على باب غرفة نزلتي. عندما فتحت الباب، رأيت ميشتي مع أصدقائها الثلاثة. دخل ميشتي غرفتي وعانقني. فوجئت عندما قالت: "عدني أنك ستعطيني لوحتي".

قلت: "حسناً، سأعطيك". ثم عرفتني على أصدقائها.

ذهبنا إلى المقصف. على كوب من الشاي، أعطاني اثنان من أصدقائها قصائدهم للنشر.

"هل تعدني بأنك ستنشر قصائد لأصدقائي في الكلية ؟" قال ميشتي.

قلت: "حسناً، سأحاول".

قال إس كيه: "ماذا هناك لتسأله ؟ سيفعل ذلك ".

انضم إلينا إس كي في المقصف.

سألني ميشتي، "هل الأمر كذلك ؟"

ماذا كان بإمكاني أن أقول غير ذلك ؟ هل كانت مسألة هيبة SK ؟ قلت: "بالتأكيد. لم لا ؟"

بعد الدردشة لفترة من الوقت، ذهب إس كي معهم. وهكذا، ظهرت "من الكليات الأخرى" في "تشايانيكا".

بدأت حياة الحب بين ميشتي وإس كي على قدم وساق. بعد بضعة أيام، جاء SK و Mishti لمقابلتي.

كانت غرفة نزلتي القديمة في الطابق الأول. لقد تم الحفاظ عليها بشكل جيد. غطيت طاولة القراءة بقطعة قماش بيضاء مع زجاج بحجم الطاولة. كان هناك مصباح قراءة أحمر داكن على الطاولة، وكان مسند ظهر الكرسي مغطى بقطعة قماش بيضاء. حتى قمة غودريج الميرة كانت مغطاة بقطعة قماش بيضاء مع زجاج كامل الحجم. كان هناك مصنع مطاط في وعاء ترابي بجانب طاولة القراءة الخاصة بي.

حوالي الساعة الرابعة مساءً، جاءوا. سألني إس كي: "اذهب إلى المقصف وتناول كوبًا من الشاي هناك. نريد غرفتك لبعض الوقت ".

"لماذا ؟ لماذا ؟" سألت.

"ألا تريد أن تعطيها لنا ؟" قال إس كي.

كان ميشتي يضحك.

قلت له: "حسنًا" وذهبت إلى المقصف. بعد ساعة عدت وطرقت باب غرفتي. "هل يمكنني الدخول الآن ؟"

أجاب إس كيه: "ادخل"، وفتح الباب. كان ميشتي جالسًا على الكرسي. خرجوا من الغرفة.

لم أستطع رفض إس كيه. كل أسبوع، أخذوا غرفتي لمدة ساعة. قضيت وقتي في المكتبة أو المقصف.

بعد ثلاثة أشهر، تخلصت من هذه المشكلة. لقد أسعدني ذلك، وبعد ظهر أحد الأيام، كان هناك طرق على باب غرفتي. فتحت الباب ووجدت ميشتي واقفًا في الخارج. عندما فتحت الباب، دخل ميشتي، وجلس على الكرسي، وبكى. عزيتُها. عندما أصبحت طبيعية، سألتها، "ما المشكلة يا مشتي ؟"

قال ميشتي: "الآن إس كيه يتجنبني. لا أعرف لماذا يتصرف هكذا. أنت، من فضلك اكتشف السبب ؟"

أكدت لها أنني سأتحدث عن هذا مع SK وأعدتها.

عندما استفسرت عن هذا من SK، قال: "اتركه. من يرغب في إقامة علاقة دائمة مع مثل هذه الفتاة ؟ إنها جيدة مع مرور الوقت. هذا كل شيء ".

"أياً كان ما تقوله، فهو خطأ. إنه لأمر فظيع أن تتصرف مع أي شخص بهذه الطريقة ". أخبرته.

قال إس كي: "يتطلب الأمر يدين للتصفيق. إنها متعلمة وجميلة. لديها العديد من الأصدقاء غيري. ما مشكلتها ؟"

قلت: "لكنها تحبك كثيراً".

"الأمر ليس كذلك. إنه هراء دموي. ميشتي تحب أصدقائها. إنه أسلوبها. حاولت في كثير من الأحيان أن أجعلها تفهم وجهة نظري، لكنها سألتني كيف يمكنها ترك صديقاتها. اترك هذا الموضوع. لقد اختفى الموضوع. أخبر مشتي أنني عديم الفائدة لأنك قاتلت معي من أجلها وتوقفت عن التحدث معي. إذا أردت، استمتع بوقتك معها ". أخبرني إس كي وضحك.

كانت نهاية قصة حب ميشتي. كنت أشعر بالسوء تجاه ميشتي.

لقد أعطى الله أدمغة للفتيات. إذن كيف يمكن أن يقعوا في فخ المتكلمين الحلوين، الذين يعرضون أنيابهم الحلوة ؟ كيف يمكنهم عبور الحدود الاجتماعية لهؤلاء الناس ؟ لماذا لا يستخدمون حسهم السليم ؟ بعد كل شيء، الإيمان بمثل هؤلاء الثرثارين الحلوين والكوبرا السامة والمميتة متشابهان.

بعد بضعة أيام، مرضت ودخلت مستشفى جاجيفان ناغار. كنت في غرفة منفصلة في المستشفى. قدم المشفى الطعام. اعتاد أصدقائي في الكلية أن يأتوا لرؤيتي. اعتادت ممرضة تدعى ليلي كوتي فيليب أن تعطيني الدواء والحقن في الصباح. كانت بسيطة، وحسنة المحيا، ومهتمة، ومكرسة لعملها.

كان عمر ليلي من خمسة وعشرين إلى ستة وعشرين عامًا، وهي ممرضة طبيعة بسيطة وجميلة ولطيفة وسعيدة. قبل إعطائي حقنة، اعتادت أن تخبرني ببعض الأخبار أو القصص المفاجئة لإشراكي في تلك الأخبار أو القصص، لذلك لم أشعر بالألم. حتى طريقتها في إعطاء الدواء كانت من هذا القبيل.

أخرجوني من المستشفى بعد خمسة أيام. قبل مغادرة المستشفى، أعربت عن خالص امتناني لليلي وعدت إلى نزلتي.

في أحد الأيام في حوالي الساعة الخامسة مساءً، طرق شخص ما باب نزلتي. فتحت الباب. كان إس كي مع ليلى واقفة أمام غرفتي. كانت ليلي ترتدي ساري أصفر مع زهور حمراء صغيرة الحجم. بدت رشيقة للغاية. لقد دهشت لرؤيتها مع إس كي لكنني قلت: "من فضلك، تفضل بالدخول".

دخلوا إلى غرفتي. قلت: "أنا بخير الآن."

قالت فيرما: "أعرف أنك بخير الآن."

كانت ليلى تبتسم.

"إذن ؟" استفسرت.

قال لي إس كي: "قابلي صديقتي ليلى".
"لكن متى قابلت ليلى ؟" سألت فيرما.

"عندما تم إدخالك المستشفى. التقيت بليلي هناك ". قال إس كي.

"أوه!" قلت.

كانت ليلى تبتسم. شعرت بالأسى عليها. كانت فتاة بسيطة وجيدة الطباع بشكل ملحوظ. الطريقة التي اعتنت بي بها في المستشفى، تمنيت دائمًا أن يبقيها الله سعيدة، لكن هنا وقعت في فخ SK. كنت آمل أن يعطي الله SK إحساسًا جيدًا، لذلك لا ينبغي أن يلعب مع ليلي مثل ميشتي. فكرت في هذا، لكن إس كي قال: "استعد. سنذهب لمشاهدة فيلم ".

ذهبنا معًا لمشاهدة فيلم. أثناء عودتنا، أسقطنا ليلي في حيها. عندها فقط عرفت أن ليلي كانت تعيش في حي الممرضات في مستعمرة جاجيفان ناغار ؟ أردت أن أخبر ليلى أن تكون على الجانب الأكثر أمانًا من فيرما. امتنع عن السقوط في كلمات حبه. كنت أرغب في إخبارها بالحفاظ على سلامتها، لكن الظروف منعتني من إخبارها بهذه الأشياء. بعد بضعة أيام، استخدموا غرفتي حتى بعد وضع مقاومة من جانبي. كانت ليلى واقعة في الحب.

مرة أخرى، بعد بعض الوقت، أصبحت علاقتهما مثل علاقة ميشتي.

في أحد الأيام كان هناك طرق على باب النزل في فترة ما بعد الظهر. فتحت الباب ورأيت ليلى واقفة هناك. عندما فتحت الباب، دخلت الغرفة، وجلست على الكرسي، وبكيت. أردت أن أعرف السبب. أخبرتني نفس الشيء الذي أخبرني به ميشتي "إس كي لا تتحدث معي. إنه يتجنبني ".

حاولت مواساتها، لكنها استمرت في البكاء وقالت: "سأترك وظيفتي وأعود إلى المنزل. لا أستطيع التعايش مع هذا الشعور هنا ".

كنت غاضبًا جدًا من فارما. عزيتها وشرحت لها أنه سيكون من غير الحكمة من جانبها إذا تركت وظيفتها. بطريقة ما، أقنعت ليلي أنني سأبذل قصارى جهدي لحل هذه المشكلة وأعدتها إلى جاجيفان ناغار.

قررت أن هذه يجب أن تكون المرة الأخيرة لفيرما. لا يمكنني أن أكون جزءًا من لعبته بعد الآن. لا يمكنه اللعب بحياة مثل هذه الفتاة البسيطة.

سألت فيرما، "لماذا تصرف بهذه الطريقة مع ليلي،"
"إذن ما الذي كان يجب أن أفعله ؟" أجابت فيرما دون ندم.

قلت: "كان يجب أن تتزوجها".

"ما هي القمامة في عمري للزواج ؟" قال.

قلت له: "ليس الآن، ولكن لاحقًا ؛ يجب ألا تطلب منك القيام بذلك الآن. وإذا كانت تصر، كان يجب أن تقنعها، لكن ما فعلته خطأ. أوافق على أن ميشتي كان لديه العديد من الأصدقاء، لكن هذا ليس صحيحًا بالنسبة لليلي ".

"من سيكون صديق الممرضة ؟" قالت فيرما.

"لماذا؟ أليست الممرضة إنساناً؟ إنهم بشر أفضل بكثير من معظمنا. إذا كان الأمر يتعلق بكونك صديقًا، فأنت صديقها ".

"كان ذلك فقط لمرور الوقت." قال.

"كل فتاة هي مرور وقت بالنسبة لك. ليس لديك سن للزواج، لكنك تقدمت في العمر من أجل الحب وممارسة الحب. لديك موهبة في التباهي والاعتزاز بها ولكنك لا تهتم البتة بقيم الحياة الأخرى. اليوم أشعر بالخجل من أن أدعوك صديقي ". أخبرته.

"لكن لماذا أنت غاضب للغاية؟" قال إس كيه.

"لن تفهمي مسألة غضبي الشديد. قالت ليلى إنها ستترك العمل وتعود إلى منزلها. ألا تشعر أنها مسألة خطيرة بالنسبة لها؟" أخبرته.

"ماذا يمكنني أن أفعل حيال ذلك؟ قالت فيرما. هل هذا قرارها؟"

لم تعجبني كلماته. غضبت وقلت لفيرما: "أنت تتعفن. لا تنس أبدًا أن الله سيعاقبك على هذا. من فضلك توقف عن التحدث معي ".

لم أتحدث إلى فارما لمدة أربعة أشهر تقريبًا. في أحد الأيام جاء إلى غرفتي. كان منزعجًا جدًا. عندما دخل غرفتي، قال: "أرجوك ساعدني. أقبل خطئي وأعد بعدم تكرار مثل هذه الأخطاء ".

"قل لي، ما هي مشكلتك؟ لماذا أنت منزعج للغاية؟ لا يمكنني التفكير في مساعدتك إلا بعد أن أعرف مشكلتك". سألت إس كيه.

لم يستطع التحدث بشكل صحيح. كان في حالة سكر. لم يكن يريد العودة إلى المنزل في هذه الحالة. طلبت منه أن يستريح في غرفتي. نام على سريري. بعد ساعتين، استيقظ واستحم وانتعش، ثم ذهبنا إلى المقصف. بعد فنجان من الشاي، سألته: "أخبرني بما حدث. ما نوع المساعدة التي تريدها مني؟"

أصبح مضطربًا. بدا أنه سيبكي، لكنه سيطر على عواطفه وقال: "أحببت أنيتا أكثر من نفسي. كنت مصممًا على جعلها علاقتي مدى الحياة. وعدتها أنه بعد الانضمام إلى وظيفتي، سنتزوج. كانت قلبي وروحي، ولكن قبل يوم أمس، ذهبنا لمشاهدة فيلم. أخبرتني أنيتا أنه دعونا ننتظر أصدقائنا عند وصولهم ؛ عندها فقط سنشتري تذاكر العرض. انتظرنا صديقاتها. بعد نصف ساعة، جاء مشتي مع صبيين. أحدهم كان صديق ميشتي. كنت أعرفه. التقى الصبي الثاني، الذي لم أكن على دراية به، بأنيتا. عرفتني عليه أنيتا كخطيبها. صافحنا يدي. وقفت أنيتا معه. لقد حطمت قلبي. لم أستطع تحمل ذلك بعد الآن. تركتهم بحجة واهية. كيف يمكن لشخص ما أن يفعل مثل هذه الأشياء ؟ كان عليها أن تخبرني أنها كانت مخطوبة بالفعل. لماذا لعبت بمشاعري".

أردت أن أسأل إس كي عن نظرية لعبة تمرير الوقت الخاصة به، والتي لعبها بفرح لكنه سأل، "كيف يمكنني مساعدتك في هذا الأمر ؟" أردت أن أخبره أن هذا ما يفعله الله مع شخص مثلك. يتسلل قراره إلى حياة المرء ببطء وصمت وسلاسة. وهكذا يعاقب الناس على آثامهم.

"أنت صديقي. إذا حاولت، ستسامحني ميشتي وليلي على خطأي ". قال إس كيه.

"لماذا يجب أن أفعل ذلك من أجلك ؟" سألته.

قالت فيرما: "بعد كل شيء، أنت صديقي".

"أود أن أخبرك، نحن في السنة النهائية ؛ ركز على دراستك، واجتاز الامتحان، وانضم إلى وظيفتك، ثم وقع في حب من تشاء. الآن، ضع هذه الأفكار جانباً. لن أقول لهم شيئًا، سواء ميشتي أو ليلى. جاءوا وبكوا أمامي. حاولت أن أجعلك تفهم محنتهم، لكنك لم تزعج نفسك. كانت ليلى تشعر بالسوء لدرجة أنها أرادت الاستقالة من وظيفتها وأرادت أن تقول وداعًا لحياتها. كان سلوكك يقتلها من الداخل. بذلت قصارى جهدي وأقنعتها بالتغلب على حزنها. يمكنني أن أقترح عليك، من فضلك توقف عن الشرب وركز على دراستك ". أخبرته.

أصبحت فيرما مستاءة مني. توقف عن الكلام ونادراً ما كان يحضر الدروس. كان يتشاجر مع شخص أو آخر في أمور تافهة.

في أحد الأيام في فترة ما بعد الظهر، كان هناك طرق على باب غرفة نزلتي. عندما فتحت الباب، رأيت ليلى. بدت مثل نفسها المعتادة، متماسكة، أنيقة، وجميلة. اتصلت بها وسألت عن سبب مجيئها. قالت: "يأتي إس كي إلى مستشفاي أثناء وقت عملي ويطلب أن يغفر له كل ما فعله معي. أشعر بالأسى عليه. لا أعرف ماذا يجب أن أفعل. لقد جئت إليكم لأعرف رأيكم ".

"ليلى، لديك مسؤوليات عائلتك. من فضلك لا تقع في فخه مرة أخرى. لا تكرر خطأك. عندما يشعر والداك بالراحة، سيتزوجانك. بعد ذلك، عيشي بسعادة مع زوجك. لا تصدق فيرما ؛ حاول أن تبتعد عنه ". اقترحت عليها.

"حسنا، أردت أن أعرف رأيك." قالت وظلت تبتسم بطريقتها الفريدة. بذل فارما قصارى جهده للتصالح مع ليلى. أوصلتها إلى حي جاجيفان ناغار.

صعد ليخبر ليلى أنها إذا لم تغفر له، فسوف ينتحر. لكنها لم تطن شبرًا واحدًا. الآن شرب أكثر. انزلق على جبهته التعليمية. حاولت التحدث معه، لكنه رفض التحدث. بعد النتيجة، حصلت على وظيفة واستعدت للذهاب إلى ماديا براديش. افترقنا في اتجاهات مختلفة. جاءت فيرما وقابلتني بالطريقة المعتادة. في تلك الليلة غادرت إلى ماديا براديش.

يعتقد معظم الناس أن عملهم الشاق سيوفر كل ما يرغبون فيه. لو كان هذا المنطق صحيحًا، لكان جميع العمال الوضيعين أغنى شخص على وجه الأرض، وهو أمر غير صحيح. عندما ألقي إبراهيم في النار، لم تحرقه النار لأن الله لم يرغب. طلب من النار أن تصبح فراش الورود لإبراهيم، وأصبح الأمر كذلك.

معظم أفعالنا، ما نقوم به في الحياة، أصداء تعود إلينا.

أنا متأكد من وجود إله يعاقب الظالمين دائمًا. إنه أسلوبه في إظهار الطريق الصحيح للناس. إذا تعلم شخص ما، فإنه يصعد خطوة على سلمه. أولئك الذين لا يتعلمون يبقون هناك حيث كانوا. في وقت لاحق، يحاول الله مرة أخرى أن يريه الطريق الصحيح. إذا لم يتعلم هذا

الشخص، فسيبقى حيث كان. إذا كان الناس يموتون في عملية التعلم هذه وليس في عملية التعلم. ثم يعود إلى حياة أخرى بشكل آخر. تبقى الروح لتحمل جسد الظالم. هل يشعر الظالمون بأخطائهم؟ هل يشعر الجناة بألم حياتهم الماضية؟ تتبادر هذه الأسئلة إلى الذهن، لكن لا يمكن للمرء تحقيق الخلاص إلا بعد معاقبته على حياته الماضية. تتبادر إلى ذهني قصيدة من تأليف إنشا.

انظر داخل قلبك وتأمل فيه.

ما مقدار ما يمكن الاحتفاظ به مع مئات الثقوب فيه؟

أستطيع أن أقول أن نسيج الحب يربط العالم. سيتعين على الإنسان أن يتعلم طرق الحب غير الأناني لبقائه ووجوده.

فجأة جاء هذا الجيل الجديد إلى ذهني.

عالم جديد شجاع

سيقصر مدح الكلمات عن هذا الجيل الجديد، المليء بصخب وصخب الحياة اليومية والأحلام والرغبات. كل يوم، كتابة فصول جديدة والصعود والصعود والتجريب في كل مجال من مجالات الحياة.

اليوم تقلص العالم إلى غرفة الرسم والهاتف الذكي. أثناء التنقل، يمكن للمرء أن يظل على اتصال بالعائلة والأصدقاء والأحداث العالمية.

حتى نظام النقل جعل أرضنا مكانًا أصغر.

اللغات لم تعد عائقا.

لقد بدأنا في معرفة أنفسنا وكوننا عن كثب وبشكل متعمق.

هناك وسائل التواصل الاجتماعي للتنفيس عن مشاعرنا وإحباطاتنا. لقد أضاف بعدًا جديدًا للحقيقة.

يا له من وقت للعيش.

في علم النفس والسلوك البشري، ينشغل الناس بإيجاد طرق ليصبحوا سعداء، ونشطين اجتماعيًا، وصحيين جسديًا، ونشطين عقليًا، ومتعاطفين، ومتعاطفين، وما إلى ذلك.

في كل مجال من مجالات الحياة، يجد الناس طرقًا لحياة أطول.

مع قدرات شبيهة بالإنسان، فإن الروبوتات للأعمال المنزلية، وإعداد الطعام وتقديمه، والعديد من الأشياء الأخرى مثل الروبوت للنوم في الأسرة، وما إلى ذلك، تشبه البشر.

يريد هذا الجيل أن يجعل البشر في الآلات أو المختبرات أفضل من فرانكنشتاين أو امرأة أفضل من امرأة هكسلي في عالم جديد شجاع.

أفكر في مدى سطحية الحياة التي خلقها هذا الجيل لنفسه. حياة سطحية، أصدقاء افتراضيين مزيفين. لديهم الآلاف من الأصدقاء الافتراضيين ولكن عدد قليل جدًا من الأصدقاء الفعليين. معظم

الأشخاص الافتراضيين لديهم هويات مزيفة. أجهزة الاستمناء المحمولة والدمى لارتداء ملابسهم الفاخرة والنوم معهم في السرير لتلبية رغباتهم الجسدية.

من المحتم أن تكون العملية الكيميائية للبشر مشبعة، ولكن هذه متطلبات فيزيائية كيميائية محيطية، في حين أن كل شيء موجود في أعماق الشكل النقي البكر.

امرأة وصديقة وزوجة تملأ الحياة ببعد مختلف. صوت الأم دائمًا ما يكون ألطف ومهدئًا، ولمستها هي الأنعم. ستكون الأخوات دائمًا أفضل إخوة للإخوة لأنهم يصبحون مختلفين عندما يجتمعون. يسيرون في حارة الذاكرة ويشاركون لحظات حلوة من حياتهم. يصبحون صغارًا في القلب.

عندما نتبادل الابتسامة مع شخص مجهول، فإنها تملأ قلوبنا بالفرح. إن رؤية الشابات يملأن الحياة تملأ قلوبنا بالسعادة والرغبة في العيش لفترة أطول.

الدمى للمنزل أو السرير لا يمكن أن تجلب مثل هذا الفرح الداخلي. وبالمثل، تعمل شركة أحد الأصدقاء على التخلص من التوتر. التعبير عن الامتنان ؛ فالتعاطف الذي يظهر يجعل الحياة رحلة مبهجة.

لقد جعل هذا الجيل الجديد كل شيء قابلاً للتسويق ؛ فهم لا يترددون أبدًا في تشويه الدين وبيع حتى الله. يصبح بعض الأساقفة رسولًا لله ويطلب أن يزرع تبرعًا من البذور لغرض محدد لفرد كما نصحه الرب نفسه في صلاته النبوية وخطابه معه. لا توجد تعليقات ستكون أفضل تعليق.

الدين هو أكبر معلم للبشرية. إنه يعلم التعاطف والحب والإنسانية والأخلاق والمغفرة.

يربط الدين المؤمنين بمجموعات دينية، وتساعد كل مجموعة الأشخاص الذين يعانون من الضيق.

الدين لا يعلم الناس أبدًا أنهم الأفضل. دينهم هو الأفضل. إلههم/آلهتهم هي الأفضل.

الدين لا يغرس الكراهية لأشخاص من ديانات أخرى.

لكن الدين أصبح أكبر مقسم في العالم.

لماذا تصبح مثل هذه التعاليم الجيدة سيئة للغاية من الناحية العملية ؟ وذلك بسبب المشاعر القوية بالإيمان والرغبة الفطرية والمعجزات التي أظهرها بعض المعلمين الدينيين. إنها مثل الماريجوانا. يفقد الإنسان ضبط النفس بسبب آثاره. في وقت لاحق، يصبح مدمنًا. الدين هكذا لأننا نرثه. لا معرفة للدين هي أوسع معرفة للدين. يروي لهم الوعاظ قصصًا عن الآخرة، في حين يرغب الوعاظ في الحصول على كل ما يسمى بالآخرة، كما هو الحال في هذه الحياة، لأنفسهم. إن رغبات الناس في المزيد والمزيد والخوف من فقدان ما يمتلكونه تربطهم بقوة بالمعلمين الدينيين، ويستخدمون تصوفهم بشكل مناسب.

في كثير من الأحيان كنت أسافر من سارني إلى ناجبور أو مستشفى بادهار. يقع مستشفى بادهار على بعد حوالي خمسة عشر كيلومتراً

من باريثا على الطريق السريع الوطني. بعد ثلاثين كيلومتراً من سارني، يربط طريق بوبال ناجبور السريع بين باريثا. من باريثا إلى اليسار يأخذك إلى ناجبور. من باريثا، بعد كيلومترين، هناك تلة، والطريق مليء بالانعطافات الحادة للوصول إلى قمة التل، ثم يصبح شبه سلخ. من الصعب الصعود أو النزول من التل، ووقعت العديد من الحوادث بالقرب من سفح التل بسبب انعطاف حاد للغاية للطريق.

ذات مرة، رأيت رجلاً يجلس مقابل جانب سفح التل عند منعطف الطريق. كان يرتدي دوتي وكورتا صفراء. في وقت لاحق رأيت الشخص جالسًا في مكانه المعتاد ويشاهد حجرًا عليه علامة قرمزية على الحجر الكبير مقابل الطريق الذي كان يجلس فيه. كان البخور يحترق، وانتشرت الزهور حول الحجر الذي يحمل علامة قرمزية، وكان ذلك الرجل ذو الكورتا الصفراء والدوتي الأبيض جالسًا يراقب ذلك الحجر. هذا الحجر ذو علامة القرمزي صنع معجزة. لقد قضت على الحوادث. الآن توقفت كل مركبة هناك، تنفخ بوقًا وتلقي بالمال على الصخرة. بعد بعض الوقت، تم بناء معبد جيد بحجر القرمزي، وأصبح هذا الشخص الآن بوجاري (كاهن) من ذلك المعبد المبني حديثًا.

وبالمثل، قبل مستشفى بادهار، على بعد حوالي كيلومترين إلى الوراء، رأيت شخصًا نحيفًا ونحيفًا بشعر كبير ولحية كبيرة يجلس خارج كوخ صغير على كرسي مكسور. بعد مرور بعض الوقت، ظهر قبر من الشجيرات، والتي ربما قام بتنظيفها وتسييجها بشكل صحيح ونصب علمًا أخضر. ثم لافتة تحمل اسم الشخص المحتمل دفنه. كانت لافتة بابا ماستان معلقة على عمودين من الخيزران. بعد بضعة أشهر، تم نصب جدار من الطوب حول القبر، مع بوابة فولاذية، كتبوا بابا موستان. الآن كان هناك علمان كبيران. الآن تم بناء كوخ ذلك الشخص بشكل صحيح، وكانت امرأة وطفلان يعيشون معه. وافتتحت محلات المشروبات الباردة، ومحلات الوجبات

الخفيفة، ومحلات الشاي، ومحلات الزهور، وغيرها من المحلات التجارية. الآن الكثير من الناس من كل ديانة كانوا يذهبون إلى هناك للصلاة. الآن، يقول أصحاب المتاجر دائمًا إن الناس يأتون من أماكن بعيدة، وأن رغباتهم تتحقق. كان ذلك الشخص الملتحي يؤدي طقوسًا لأولئك الذين زاروا الدرغة.

هناك حوالي 4300 دين في العالم. ستة عشر في المئة من الناس لا يؤمنون بالله. والباقي 84 في المائة منقسمون وينقسمون إلى مجموعات دينية مختلفة. المؤمنون بالإيمان متعصبون حول كيفية بناء المعبد والدرغة واستخدامهما من قبل أشخاص أذكياء للعب مع معتقدات الشخص العادي. لا أحد لديه الوقت للتفكير ؛ يعتقدون أنه إيمانهم، والمنطق في الدين غير مطلوب.

أنا أعرف حافظ القرآن (شخص يعرف القرآن عن ظهر قلب). إنه يتحدث بشكل جيد للغاية. في أحد الأيام اتصل بي هاتفيًا، "المجذوب (شخص في حالة من الانغماس في المستوى الداخلي والطلاق من العالم الخارجي) يريد التحدث إليك".

لقد اندهشت لأنني كنت على بعد حوالي ألفي كيلومتر من ذلك المكان ولم أقابل مثل هذا الشخص أبدًا، لكنني قلت: "حسنًا، من فضلك أعطه الهاتف المحمول".

"إنه لا يريد التحدث إليك الآن. سيحصل على شيء من السماء في غضون أسبوع ؛ بعد ذلك، يريد أن يتحدث إليك ".

بعد شهر، اتصل بي حافظ صاحب مجذوب يريد التحدث إليك بعد غروب الشمس. بعد غروب الشمس، أبلغني حافظ صاحب أنه لم يكن هناك، ولا أعرف متى سيقابلني. ما زلت أنتظر.

لقد مر أكثر من عام منذ أن لم يلتقوا ببعضهم البعض.

وبالمثل، يتحدث عن هذا الشخص أو ذلك الشخص ويخلق قيمه في عيون الآخرين.

مثل هذه الأعمال التصوفية التي تم إنشاؤها في عيون المؤمنين تجعلهم أتباع عميان للدين دون فهمه. إنه مع كل دين. لا يؤمن الناس أبدًا بالحقيقة البسيطة القائلة بأن أشجار المانجو فقط هي التي يمكن أن تنتج المانجو. كيف يمكن لشخص ما أن يتوقع الخير من الآخرين عندما يتصرف عكس ذلك؟

يا له من اعتقاد! يا له من متابع! يا لها من خدعة!

أصبح الناس ماديون وغير حساسين للغاية تجاه محيطهم والبشر الآخرين. تومض قصة رام براساد في ذهني. إنه ليس شيئًا من هذا العالم الجديد ولكنه قد يكون عالميًا وخالدًا.

في 15 أغسطس، بعد استضافة العلم، يقوم المدير العام للمنطقة بتسهيل الأشخاص من مختلف الإدارات لعملهم الاستثنائي. حصل حارس الأمن هاري براساد ابن حارس الأمن الراحل رام براساد هذا العام على رسالة تقدير وميدالية لعمله الاستثنائي والشجاع. أخاف اللص بمفرده من دخول المتجر. بعد أن قلت ناماستي، طلبت منه أن يقول

بضع كلمات ؛ تذكر هاري براساد والده الراحل, رام براساد, بالقول إنه كان نور حياتنا وبدأ في البكاء. لم يستطع التحدث أكثر من ذلك.

لم يتحدث رام براساد، وهو حارس أمن، بشكل سيء عن أي شخص ؛ كان لديه عائلة صغيرة مكونة من أربعة أفراد. تزوجا من ابنته الكبرى. كان ابنه الوحيد يبلغ من العمر حوالي سبعة وعشرين عامًا. كان رام براساد متدينًا جدًا ولطيفًا ودائمًا ما يبتسم. لم يسبق له أن لمس الخمور أو السجائر في حياته.

نجح ابنه الوحيد هاري براساد بطريقة ما في امتحان المدرسة وكان مشاغبًا. كان شقيًا مدللًا. كان عكس والده بزاوية 360 درجة في الطبيعة والسلوك ؛ حتى ذلك الحين، كان فرحة والدته.

كان رام براساد يعمل في جانب السكك الحديدية كرئيس حراس أمن. كان على وشك التقاعد في غضون أربعة أشهر. اعتادت زوجة رام براساد الذهاب إلى مكان عمله لإعطائه تيفين الغداء كلما كان في مهمة نهارية. في بعض الأحيان كان ابنه يفعل الشيء نفسه كلما طلبت منه والدته ذلك.

كان هناك حكم لمنح العمل لأي جناح من عائلته في حالة الوفاة أثناء العمل.

في الآونة الأخيرة، شعر رام براساد أنه سيضطر إلى الذهاب إلى الطبيب لفحص عينه. أخبر زوجته أنه عندما تبدأ مناوبته الثانية، يرغب في الذهاب إلى المستشفى لفحص العين لأن رؤيته غير واضحة.

عندما كان في النوبة الليلية، ذهب ابنه إلى مكان عمله في حوالي الساعة الخامسة والنصف صباحًا. تم وضع رف من العربات الفارغة للقطار للتحميل. كان الجو ضبابيًا في كل مكان. رأى رام براساد ابنه وسأله: "لماذا أتيت إلى هنا الآن ؟"

ورداً على ذلك، دفع هاري براساد والده على سكة الحديد. دهس رف القطار رامبراساد.

فقد هاري براساد في الضباب.

كان من المفترض أنه ربما بسبب الضباب تعثر رام براساد وسقط على المسار أسفل رف القطار المتحرك. في أي وقت من الأوقات، تجمع الناس حول جثة رام براساد. أرسلوا جثته إلى المستشفى لتشريحها.

عندما وصل هذا الخبر إلى منزل رامبراساد، كادت زوجته تغضب، كما لو أنها فقدت حياتها. هاري براساد لم يكن هناك. وصل هاري براساد إلى المستشفى وبدأ في البكاء. بدأ الناس في مواساته. جاء قادة النقابات إلى هناك. قبل أخذ الجثة للطقوس الأخيرة،

حصل ابن رامبراساد على خطاب موعد بدلاً من والده. كما أعطوا المال للطقوس الأخيرة لزوجة رامبراساد.

الآن هاري براساد ابن رامبراساد هو حارس أمن يتحدث دائمًا عن والده. إنه يتذكر والده دائمًا على أنه نور الحياة. اليوم في 15 أغسطس،

يجلس في مجموعة الأشخاص الذين سيحصلون على الجوائز. يرتبها المصور ويقول: "نعم، ابتسم من فضلك".

كل ما قيل وفعل، أشعر بالفخر بهذا الجيل الجديد، ولكن في الوقت نفسه، أشعر بالشفقة على هذا الجيل الجديد عندما أفكر في دمية تشبه الإنسان للمنزل والسرير. ما مدى وحدتهم، وما مدى مرضهم النفسي ؟

يحاول شون الأنا أن يكون إنسانًا، ويرتدي ابتسامة، ويحاول تكوين صداقات، وليس أصدقاء افتراضيين. [NEUTRAL]: أشعر بالفخر لكوني جزءًا من هذا العالم.

مهما فعلنا، لا بد أن يصبح جسدنا قديمًا، لكن روحنا ستبقى دائمًا شابة إذا بقينا إنسانيين.

يا له من وقت للعيش.

كان من الأفضل لو كان أسدنا الصغير معنا.

أسدنا الصغير

يمكن للبشر تعلم فن الحب غير الأناني من الكلب. الكلب يعرف جيدا من يحبه أكثر ويبادله بالمثل.

لم نكن نعرف شيئًا عن تربية الكلاب. جلب ابني كلبًا صغيرًا يبلغ من العمر أربعة أشهر من سلالة بكين من سانت بطرسبرغ. ذهبنا مع ذلك الجرو الصغير الشبيه بالدمية الرقيقة من سلالة بكين إلى مقر إقامة نيهاه. أخرجته نيهاه من السلة وأعطته الحليب ليشربه. بعد شرب الحليب، بدأ يركض. كان مشهدًا لا يصدق.

يبدو الأطفال، سواء كانوا بشرًا أو حيوانات أو أفعى قاتلة، مبهجين للمشاهدة. لأنهم لم يتعلموا بعد فن البقاء على قيد الحياة في هذا العالم.

في اليوم التالي، أحضرنا تلك الدمية الرقيقة إلى تاندي، على بعد مائتي كيلومتر من بوبال.

قمنا بتغذية كرتنا القطنية الصغيرة بالحليب مثل الجرو. بدأ يركض في غرفنا. استمتعنا بحركاته. كان رائعا ؛ كان شيئا من هذا العالم بالنسبة لنا.

وفجأة مرض. توقف عن تناول الحليب. لم يستطع المشي حتى. شعرنا بالسوء تجاهه، لذلك أخذنا لعبتنا الصغيرة مثل الجرو إلى طبيب بيطري في غرادونغري.

فحصه الطبيب البيطري وقال: "لديه حمى. إنه سلالة غير مألوفة من الكلاب. يرجى أخذه إلى طبيب الكلب، ولكن، في هذه الأثناء، يمكنك إعطاؤه دواء للحمى، والذي يعطى لطفل ".

اشترينا الدواء من متجر الأدوية وأطعمنا كلبنا جرعة الطفل بالقطارة.

تقع تاندي على بعد خمسة وأربعين كيلومتراً من غرادونغري. وصلنا إلى تاندي بعد إطعام جرونا القطني الشبيه بالكرة. شرب الحليب، وبعد بعض الوقت، بدأ يركض في غرفنا. كنا سعداء لرؤيته يركض. احتفظنا باسمه، "شيري".

كانت شيري مثل حزمة صغيرة من الألعاب القطنية الرقيقة. كانت عيناه مستديرتان وكبيرتان، ويبدو أنهما مصنوعتان من كرة زجاجية مستديرة صغيرة. كان فمه مسطحًا ولكن لونه أسود. كان أنفه بهذا اللون الأسود، مثل التصميم المسطح الصغير. كان الشعر تحت ذقنه مثل شعر الأسد الكبير، أكثر أهمية من الشعر الآخر. كان ذيله مثل حزمة صغيرة من كرات القطن الملصقة على جسمه الخلفي. كلما مشى، بدا ذيله وكأنه هوائي منتصب يتمايل في الاتجاهين الأيسر والأيمن.

كان يحب الجلوس على السجادة معظم الوقت. نادراً ما كان يجلس على الأرض. أثناء الجلوس، أبقى ساقيه الخلفيتين في الاتجاه الخلفي على الأرض وساقيه الأماميتين في الاتجاه الأمامي على الأرض. كان يمسك وجهه بين مخالبه الأمامية على الأرض. بدا وكأنه دمية مملوءة بالقطن، مثل لعبة محشوة. في أسلوب جلوسه الآخر، جلس مثل أسد صغير.

كانت شيري تمرض في كثير من الأحيان. أخذناه إلى طبيب الكلب في تشيندوارا. قال: "إنه سلالة مختلفة من الكلاب. لا أستطيع معاملته بشكل صحيح. سأوصيك بأخذه إلى بوبال، حيث يوجد مستشفى للكلاب. سوف ينصحونك بشأن جروك ويعطونه العلاج المناسب ".

أخذنا شيري إلى مستشفى بوبال للكلاب. كان هناك أناس مع كلابهم. عندما رأوا شيري، تجمعوا حوله. عندما رآه الطبيب المبتدئ، نصحنا بأخذه إلى رئيس المستشفى. أخذنا شيري إلى المشرف الطبي. أصبح سعيدًا برؤية شيري. وضعه على طاولته وبدأ يتحدث إليه. جلس شيري مثل خاصرة على مكتبه. استمع باهتمام إلى محادثاته كما لو كان يفهم كل كلمة له. لعب الطبيب معه لبعض الوقت ثم أخبرني أنه بيكيني، سلالة كلاب نادرة. قام بإعداد بطاقة التطعيم الخاصة به ونصحنا بإعطاء شيري حقنة لداء الكلب مرة واحدة في السنة وسبعة كل ستة أشهر. اقترح الحفاظ على بطاقة التطعيم الخاصة به بشكل صحيح. كما وصف الأدوية التي يمكن إعطاؤها لشيري لمشاكل مختلفة عند الحاجة.

أعطينا الأدوية التي وصفها الطبيب لشيري، وأصبحت شيري لائقة وبخير. أكل الخبز والعجة والدجاج المسلوق وعظام الدجاج. أكلت شيري الخبز والحليب المخلوط في الخلاط. أكل هذا الخليط بملعقة فقط. كما أحبّت شيري تناول طعام الكلاب بنكهة الدجاج. أكل الطعام من طبقه ونام على سريره. كان يحب الجلوس على غطاء السيارة، يراقب كل شيء لساعات.

كان طول شيري حوالي اثنين وعشرين بوصة، وستة عشر بوصة في الطول، وحوالي أربعة كيلوغرامات في الوزن. كان مولعًا بالسفر في السيارة. سوف يركض خلفه كلما رأى شخصًا يخرج بمفتاح السيارة. عندما يفتح باب المرآب، تقف شيري بالقرب من الجانب الآخر من باب السائق. عندما كان بابه الجانبي مفتوحًا، كان يقفز على المقعد المجاور للسائق.

لم تحب شيري أبدًا العيش بمفردها. لطالما أراد أن يكون بالقرب من شخص ما. ذات مرة، أعددنا له منزلاً صغيراً من الورق المقوى. أصبحت لعبة بالنسبة له. كان يسحبها هنا وهناك. بسكويتته المفضلة كانت ماري جولد. احتفظ ببسكويته وعظام الدجاج في منزله. كان يأكل أشياء قديمة وقتما يشاء. إذا حاولنا منعه من تناول تلك الأشياء القديمة،

فقد أصبح شرسًا للغاية. كنا نرمي أغراضه القديمة من منزله في غيابه. في بعض الأحيان كان يخفي أغراضه في حديقتنا تحت التربة. كان من المدهش أن نرى أنه يتذكر دائمًا المكان الذي دفن فيه أغراضه.

ذات مرة، أصبت بالبرد والسعال. ذهبت زوجتي إلى منزل والدتها مع الأطفال. كانت مدرسة طفلي مغلقة.

كان منزلنا عبارة عن شقة دوبلكس. كانت هناك غرفتا نوم في الطابق العلوي وغرفة نوم واحدة في الطابق الأرضي. كنت أنام في غرفة نومي في الطابق العلوي، ولكن في الصباح، نزلت وفتحت الباب للخادمة. فتحت الباب ونظفت أسناني في ذلك اليوم، لكن فجأة بدأت أسعل. جاءت شيري مسرعة وأمسك قدمي بقدميه الصغيرتين ونظرت إلي. عندما هدأ سعالي، قلت لشيري: "شيري، أنا بخير".

ثم ترك ساقي. لقد طورت حبًا وارتباطًا إضافيًا له. هذا التعبير عن الحب والرعاية فاز قلبي.

عندما جئت من المكتب في المساء، جلست على السجادة في غرفة الرسم الخاصة بي. كانت شيري تأتي مسرعة إلي وتلعب معي. بعد اللعب لفترة من الوقت مع شيري، اعتدت على الصعود وغسل وجهي وتغيير ملابسي ومشاهدة الأخبار على التلفزيون أثناء تناول الشاي. كانت شيري تصعد إلى الطابق العلوي بعد سماع صوت التلفزيون. سيأكل بسكويت ماري الذهبي ويشاهد التلفزيون معي كما لو كان يفهم كل شيء.

كلما كانت زوجتي في الطابق السفلي تطبخ وجبات الطعام، كانت شيري تجلس بالقرب منها كما لو كان يرافقها ؛ خلاف ذلك، كان يجلس بالقرب مني لمشاهدة التلفزيون معظم الوقت.

كلما، أثناء وضع العشاء على الطاولة، كانت زوجتي تخبر شيري، "شيري، اتصلي بصاحب لتناول العشاء".

كانت شيري تأتي إلي وتنبح باستمرار حتى أقف للمشي معه. كان ينبح بصوت غريب. عندما كنت أقف، كانت شيري تمشي أمامي وترى أنني خلفه حتى وصلت إلى طاولة العشاء.

كلما اتصلت بي زوجتي لتناول العشاء، كانت شيري تغضب وتنبح بصوت مختلف عليها لإظهار غضبه. ثم كانت زوجتي تقول لشيري: "أحضري صهيب للعشاء".
كان يأتي مسرعاً إلي ليأخذني لتناول العشاء.

كان هناك طريق بوكا خارج الجدار الحدودي لمسكننا في تاندي.

كون تاندي أرضًا جبلية، كانت هناك أرض بسيطة صغيرة. تم بناء المنازل بشكل منفصل. كان هناك منزل بجوار منزلنا. كانت هناك أرض بسيطة صغيرة بجانب هذين المنزلين. في الجزء الخلفي من المنزل، على مسافة، كان هناك نهر صغير يتدفق. رعى القرويون ماشيتهم بالقرب من منزلنا. كان هناك حارس أمن عند بوابة حدودنا. بمجرد أن خرجت شيري من بوابتنا وقبضت على ذيل بقرة رعي. بدأت البقرة في الهرب للنجاة بحياتها. بدأ حارسنا ومالك البقرة وبعض الناس في الركض وراء البقرة. كنا نظن أن شيري ستفقد حياته، ولكن بعد أن أعاد الحارس شيري في بعض الأحيان. أمسكت شيري بذيل البقرة بقوة لدرجة أنه أصبح من الصعب على البقرة التخلص منه، ولكن عندما كانت البقرة تتسلق خندقًا، تركت شيري ذيلها. أمسك به الحارس وأعاده. في وقت لاحق، اتخذ رعاة الماشية احتياطات إضافية أثناء رعي حيواناتهم بالقرب من منزلنا.

كانت شيري مولعة بالاستحمام. أثناء الاستحمام، عندما يُطلب منه إعطاء وجهه، كان يغلق عينيه ويضع وجهه للأمام. عندما يُطلب منه ساقه اليمنى، كان يرفع ساقه اليمنى ويقدمها للأمام ؛ وبالمثل، عندما يُطلب منه الساق اليسرى، كان يفعل الشيء نفسه. عندما سئل عن أنفه، اعتاد على تنظيف أنفه. كان لديه شعر كبير على جسده. عندما طُلب منه إزالة الماء من شعره، اعتاد أن يهز جسده مرارًا وتكرارًا ثم يجفف شعره في الشمس بالجلوس على منشفته. في الصيف، جلس أمام مكيف الهواء. كان الجزء الأكثر تسلية من سلوكه هو أنه حتى في حالة انقطاع التيار الكهربائي، فإنه سيستمر في الجلوس أمام مكيف الهواء تحسبًا لبدء تشغيله.

كلما كنت على طاولة الطعام لتناول الإفطار، كانت شيري تأتي إليّ مسرعة لتناول الإفطار. كان يأكل الخبز والزبدة، ولكن إذا كان هناك عجة البيض، كان يأخذ نصيبه، قطعة قطعة. بعد الإفطار معي، اعتادت شيري على الاقتراب من مكيف الهواء خلال فصل الصيف. خلاف ذلك، كان يجلس على السجادة. كان الأمر نفسه في وقت الغداء. حتى لو تناول غداءه، اعتاد أن يأكل معي. حتى خلال فصل الصيف، إذا كنت جالسًا في غرفة المعيشة، سينسى حرارة الصيف ويجلس معي. كان يحب أن يرتدي تشابال الخاص بي. كان شغفه. كلما أردت استعادة شابالي، كان علي أن أخبر شيري ؛ أردت شابالي، ثم كان يعيد لي شابالي عن طريق إخراج ساقيه من شابالي.

كلما انخرط شخص جديد في أي عمل في المنزل، كان شيري يتنقل حوله. بينما كانوا يعملون، كان يراقب الشخص الجديد، ولكن كلما شعرت شيري أن الشخص قد أخذ أي شيء من المنزل، كان ينبح عليه ويسرع في عضه.

إذا خرجنا ليوم واحد، وتركنا شيري مع خادمة في مسكننا، فسوف يغضب. كلما عدنا، يصدر شيري صوتًا غريبًا جدًا كما لو كان يشكو من

تركه. أصبح هادئًا وغفر لي عندما أعطيته رسالة ولعبت معه لفترة من الوقت. أجبر الجميع على ضرب جسده حينها فقط.

كانت خادمتنا تحممه. اعتاد شيري النوم على سريره في غرفته. بمجرد أن ذهبنا إلى مسقط رأسنا لمدة أسبوعين، جلست شيري في غرفة الرسم حيث كنت أجلس لمدة ثلاثة أيام. ظل جائعاً لمدة ثلاثة أيام. كلما أخذته الخادمة إلى غرفته، كان يخرج راكضًا في ذلك المكان في غرفة الرسم. أخذته الخادمة إلى طبيب بيطري. وضعه الطبيب على طاولته وقدم له الطعام. كان يأكل الطعام ويشرب الماء. عندما عاد شيري، نام على سريره في غرفته بعد ثلاثة أيام.

عندما عدنا، خرجت شيري من غرفته. تحدث إلينا بأصوات مختلفة وعاد إلى غرفته لإظهار استيائه. أمسكه الجميع بأيديهم ولعبوا معه. عاد إلى غرفته. عندما أخرجته من غرفته ووضعته على الأرض، عاد إلى غرفته. في المرة الرابعة، أبقيته في حضني، وتدليك جسده، وضرب حلقه لفترة من الوقت ؛ ثم أصبح طبيعيًا معي. لقد لعبت معه لبعض الوقت. عندها فقط سامحني.

كان لدى شيري شعور غريب بالتعرف على صوت سيارتي من مسافة بعيدة. اعتاد أن يخرج على الشرفة من أجلي بينما لم تكن سيارتي في أي مكان بالقرب من حارس الأمن المتمركز عند بوابتي، ولكن كانت هناك معلومات للجميع بأنني قادم.

كانت غرفته على الجانب الأيمن، بجانب غرفة الرسم. كانت هناك غرفة أخرى ملحقة بغرفة الرسم. لقد ربط غرفتي بهذه الغرفة. ذات مرة، لم أكن على ما يرام. كانت زوجتي وابنتي نائمتين في الغرفة المجاورة لغرفتي. كان موسم الصيف. كان مكيف الهواء في غرفتي الكرز وزوجتي يعمل. كانت الساعة حوالي الثانية ليلاً. بدأت أسعل باستمرار. كانت زوجتي وابنتي نائمتين بسرعة. نبح شيري في غرفته وخدش

الباب. فتحت الخادمة بابه. هرعت شيري إلى غرفة زوجتي، وصرخت، وضربت الباب. طرقت الخادمة الباب أيضًا. فتحت زوجتي الباب. ركضت شيري إلى بابي. بدأ ينبح ويخدش الباب. فتحت بابي. كنت أسعل بقوة. استلقيت على سريري. كان سعالي مستمراً. بدأت شيري بالركض حول سريري. بدأ ينبح بنبرة مختلفة. عندما توقف سعالي، اقترب مني ونظر إلي. مددت يدي. شمّت شيري يدي. قلت، "شيري، أنا بخير الآن." ثم جلس على الأرض بالقرب من يدي. بصعوبة كبيرة، أخذته الخادمة إلى غرفته.

لقد تساءلت في كثير من الأحيان، هل الحب يغرس مثل هذه الخصائص في البشر. كلما اعتدت أن أرى شيري، اعتقدت أن الحب الحقيقي يجب أن يفعل الشيء نفسه مع البشر. هذا الشعور بالحب يربط وجود البشر نفسه. هذا هو السبب في أن لدينا دائمًا رغبة هائلة في الحياة. لهذا السبب يستمر نهر الحياة في التدفق.

كانت شيري صغيرة ولكنها لا مثيل لها في الشجاعة وإظهار الشجاعة. ذات مرة تسلل كلب صيد إلى مجمعي. عندما رأت شيري ذلك الكلب، ذهب للقتال معه. بدأ كلب الصيد بالبكاء. ركض حارس الأمن والخادمة نحو الكلب، وكانت شيري على كلب صيد، وكان هذا الكلب يصرخ للنجاة بحياته. بطريقة ما، أزيلت شيري من ذلك الكلب. عندما خرج هذا الكلب عن قبضة الكرز، قفز من الجدار الحدودي وهرب.

الشجاعة ليس لها علاقة بالحجم. الشجاعة ليست سوى تصميم قوي على مواجهة الصعاب في كل ظرف من الظروف. الشجاعة ليست سوى إطار ذهني. يمكن للمرء أن يتغلب على أكبر الصعاب بالشجاعة والتصميم. هذا ما تعلمناه من أسدنا الصغير شيري.

أعطينا شيري الدواء. بعد بعض الوقت، توقف أسدنا الصغير عن تناول الطعام. بعد بضع ساعات، شرب الحليب ونام على سريره. كنا سعداء لأن لعبتنا الصغيرة تناولت الطعام بعد ثلاثة أيام.

في اليوم التالي في الصباح، عندما ذهبت لرؤية أسدنا الصغير، اندهشت عندما وجدت أنه تركنا. لا يزال الألم مستعصياً. آمل دائمًا أن تأتي صغيرتي شيري من مكان ما، مع العلم جيدًا أنه لا أحد يأتي أبدًا من المكان الذي ذهب إليه.

حتى ذلك الحين، نحلم ونتمنى معجزة. لا يمكننا فعل شيء آخر غير ذلك.

ليس من السهل جدًا التنبؤ بحركات الحياة. تلعب الحياة اللعبة بطريقتها، ولا يمكن التنبؤ بها، وغير مؤكدة، ومفاجئة بحركات مفاجئة غير مستكملة. لماذا ؟ لا أحد يعرف.

كنت ضائعاً في تلك اللحظات. فجأة أعادني صوت زوجتي من حارة الذاكرة. سألت، "هل ترغب في فنجان من الشاي. ؟"

قلت: "نعم، أود فنجان شاي."

احتفظت بذلك القلم الأخضر في حامل القلم وخرجت من الغرفة في غرفة الرسم لتناول الشاي، لكن لمسة من أصابع إيرا الناعمة كانت عالقة في داخلي. كان هذا الشعور شديدًا لدرجة أنني شعرت من العدم أنها ستأتي وتقول بطريقتها المعتادة، " يا شاعر، أين ذلك القلم الذي وعدتني بإعطائه ؟"

سأقول، "سأكون أكثر من سعيد بإعطائك هذا القلم ولكن أخبرني أين كنت لفترة طويلة ؟"

ثم شعرنا أن شيري تقول شيئًا بطريقته المعتادة، بصوت طبيعي.

نظرت إلى الأسفل.

لم تكن شيري هناك.

نظرت إلى كل ركن من أركان الغرفة.

جاءت زوجتي بالشاي وسألت: "ما الذي تبحث عنه ؟ أجبت:" لا شيء، لكنني شعرت أن شيري كانت هنا ".
"أشعر أيضًا بذلك بالنسبة لشيري. لم ننسَ شيري".

الذكريات لا تموت أبدًا، إنها باقية، وتبقى حية في ذاكرتنا.

نبذة عن المؤلف

محمد تسليم

وهو مدير عام متقاعد من كول إنديا، وخريج معهد IIT/ISM، ودانباد، ونيتي، وومومباي، وخريج قانون من كلية الحقوق، بتول (عضو البرلمان)، وينحدر من بلدة سوبول الصغيرة في بيهار، الهند، التي تقع على حدود نيبال.

يعتقد أن الحياة هدية جميلة. الجيد والسيئ والقبيح والجميل هو جزء من ملصقة الحياة هذه.

الحياة رحلة جميلة. إنه مثل السكر في فنجان من الشاي أو القهوة. الحلاوة ليست سوى اختيار الفرد.